PARCOURS DE LECTURE

La série Groupements de textes est animée
par Alain Boissinot, Jean Jordy et Marie-Madeleine Touzin

BONNES NOUVELLES

par **Michel Descotes**
et **Jean Jordy**

BERTRAND-LACOSTE
36 rue Saint-Germain-l'Auxerrois – 75001 PARIS

Rappel des nouvelles choisies et publiées
dans le classique BL intitulé *Bonnes nouvelles*

Premier groupe

1 – « Cœur de lion » Robert Boudet

2 – « Le Dragon » Ray Bradbury

3 – « Quand Angèle fut seule... » Pascal Mérigeau

4 – « Iceberg » Fred Kassak

5 – « Pauvre petit garçon ! » Dino Buzzati

6 – « Comment servir l'homme » Damon Knight

Deuxième groupe

7 – « Une Petite Distraction » Gérald Kersh

8 – « À s'y méprendre » Villiers de l'Isle-Adam

9 – « Le Chat du Cheshire » Antonio Tabucchi

10 – « Cycle de survie » Richard Matheson

11 – « Le Bazar des mondes » Robert Sheckley

12 – « Crescendo » Dino Buzzati

Troisième groupe

13 – « Chickamauga » Ambrose Bierce

14 – « L'Adresse » Marga Minco

15 – « L'Évangile selon Marc » Jorge Luis Borgès

16 – « La Rédaction » Antonio Skarmeta

17 – « Les Fourmis » Boris Vian

SOMMAIRE

Repères

Avant-propos

Nous avons choisi dix-sept brefs textes intégraux pour explorer en classe l'espace de la nouvelle et réfléchir sur l'activité du lecteur. Ils figurent dans l'ouvrage de la collection Classiques BL intitulé *Bonnes Nouvelles*. Il faut s'y reporter pour aborder le Parcours qui suit.

Pourquoi la nouvelle ? D'abord parce qu'elle offre dans un espace limité toute la richesse et l'étrangeté de la vie et tous les caractères du littéraire. Ensuite parce qu'elle constitue un terrain favorable d'apprentissage de la lecture, considérée non seulement comme une source de plaisir immédiat, mais aussi comme une occasion de satisfactions plus intellectuelles.

La découverte et l'analyse des nouvelles retenues permettront ainsi à chacun de suivre un itinéraire ludique et formateur accomplissant les principes de Michel Picard qui voit la lecture comme un « jeu ».

La nouvelle [1]

Nous avons donc choisi de travailler sur un texte littéraire particulier, la nouvelle. La quête de textes si possible originaux nous a permis de constater l'extraordinaire richesse et la diversité des productions dans ce domaine... ce qui ne rend pas aisée leur caractérisation. En effet, qu'est-ce qu'une nouvelle ?

Dans l'article « nouvelle » (1971) de l'*Encyclopædia Universalis*, Etiemble s'interroge à partir de trois critères :
– la longueur ? elle est sujette à de si grandes variations selon les époques et les littératures (de quelques lignes à plusieurs centaines de pages !) qu'il est difficile de fixer une règle ;
– la vérité ? si l'on admet que la nouvelle tend le plus souvent à proposer un tableau non seulement vraisemblable mais vrai des mœurs du temps, que faire des nouvelles fantastiques ou de science-fiction ?
– l'impassibilité ? à voir comment la nouvelle, par l'intermédiaire de narrateurs aux statuts variés, est susceptible d'exprimer tous les états d'âme de leur auteur, on ne peut retenir non plus ce caractère...

Les trois critères remis en question, Etiemble se penche sur les rapports entre la nouvelle, le drame et le roman. Du drame, elle possède la concentration et l'intensité de l'action comme le rappelle la définition du *Petit Robert* : « Récit généralement bref, de construction dramatique, et présentant peu de personnages. » ; mais elle se rapproche évidemment beaucoup plus du roman avec qui elle entre-

---

1 - Bibliographie sélective
- *La nouvelle*, n° 87 du « Français aujourd'hui », revue de l'AFEF, septembre 1989.
- *La nouvelle, définitions, transformations,* B. Alluin, F. Suard, P.U. de Lille, 1990.
- *Lire la nouvelle,* D. Grojnowski, Dunod, 1993.
- *La nouvelle,* T. Ozwald, Hachette-Supérieur, Coll. « Contours littéraires », 1996.
- *La nouvelle*, F. Evrard, Mémo n° 65, Seuil, 1997.

tient des rapports complexes tout au long de l'histoire, entrant en concurrence avec lui, profitant de ses éclipses, l'aidant à se renouveler, se combinant avec lui dans une même œuvre sous la forme de « tiroirs ».

Etiemble conclut en un paragraphe de synthèse au titre révélateur : « Insaisissable et partout présente ». Nous reprenons les deux définitions qui clôturent l'article : celle de W. Faulkner (lettre du 8 janvier 1853), « Une nouvelle, c'est la cristallisation d'un instant arbitrairement choisi où un personnage est en conflit avec un autre personnage, avec son milieu ou avec lui-même. » ; celle de Daniel Boulanger, « Un instantané qui s'épanouit chez le lecteur comme une rose de Jéricho ». La dernière phrase de l'article est interrogative, mais elle affirme malgré tout deux éléments forts : « Tension dramatique et brièveté, et si c'était là deux des caractères en effet essentiels de ce genre en apparence protéiforme ? ».

Dans le contexte de la classe de français, la nouvelle peut être travaillée avec profit à partir de ses relations avec le roman d'un côté, le conte de l'autre.

Pour ne pas laisser l'élève sur des vues trop floues, nous poserons qu'elle se distingue du roman par quelques constantes :

– récit bref ne dépassant pas cinquante pages,
– récit nettement structuré à l'aide de repères chronologiques précis et d'un découpage typographiquement apparent,
– récit au sujet restreint et se réduisant à une aventure, une anecdote, un instant de vie...
– récit mené à partir d'un seul point de vue,
– récit resserré et rapide : entrée en matière immédiate, descriptions réduites à l'essentiel, limitation de l'action à sa phase décisive, personnages peu nombreux,
– effet intense de la conclusion réduite à peu de phrases sinon à une seule.

Comme le conte, elle se présente le plus souvent sous la forme d'un récit conté, le style choisi pouvant se rapprocher de l'oral. Mais, à la différence du conte, elle est, dans la grande majorité des cas, un récit vrai.

Ainsi se dessinent les principales caractéristiques du genre de la nouvelle, assez conformes à la présentation qu'en donne H. Bénac dans le *Guide des idées littéraires,* paru chez Hachette :

– action simple et brève, centrée autour d'un seul événement,

– personnages peu nombreux et ayant une réalité,

– décor aux détails nécessaires, sans renseignements superflus,

– concentration dans la mesure où tous les détails concourent à l'effet visé,

– style descriptif : les êtres et les choses apparaissent à partir de leur extérieur,

– appel à l'intelligence du lecteur, c'est-à-dire à sa participation active pour percevoir des effets rapides, des ellipses…

– intention réaliste,

– possibilité d'ouverture sur la conscience profonde des personnages.

De manière plus synthétique, Thierry Ozwald (*La nouvelle,* Hachette, 1996), reprend les huit éléments dégagés par Bénac pour considérer qu'ils se résument dans deux critères essentiels :

– le souci de réalisme,

– la dramatisation critique.

Le premier critère définit un postulat de la nouvelle : le récit qu'elle propose s'inscrit dans un contexte réaliste, s'ancre dans le réel, ce qui se traduit par une « passion du monde extérieur ». Le second renvoie à une sorte de valeur performative de la nouvelle : celle-ci est un « espace de réalisation, d'accomplissement ou de définition du moi » dans un instant de paroxysme à l'intensité dramatique maximale.

Trois groupements

Pour choisir dix-sept nouvelles dans la multitude de celles que nous avons lues en pensant au présent parcours, nous avons retenu trois critères, ce qui nous a permis de constituer trois ensembles de textes intégraux.

Premier groupe

Des nouvelles plutôt « gratuites » relevant surtout du jeu, de l'exercice de style, de la virtuosité d'écriture : l'écrivain cherche d'abord à mystifier le lecteur, à s'engager dans une partie de cache-cache avec lui.

Dans ce cas, la portée devient secondaire : le texte existe avant tout comme un divertissement, une construction intellectuelle qui témoigne des qualités de son auteur et de sa capacité à se jouer des compétences du lecteur. Le plaisir de ce dernier sera surtout fonction du degré de surprise, du décalage entre ses attentes de lecture et les solutions narratives choisies par l'auteur.

Deuxième groupe

Il comprend des nouvelles étonnantes, saisissantes ou humoristiques qui, à partir d'un jeu intertextuel le plus souvent, requièrent une connivence culturelle entre l'auteur et le lecteur.

Dans ce cas, l'implicite est fort : des informations essentielles (contexte spatio-temporel ou historique le plus souvent) sont volontairement passées sous silence et devront être restituées par le lecteur à partir de détails ambigus et en apparence secondaires. Un lecteur à la compétence encyclopédique limitée risque d'être disqualifié. À l'inverse, un lecteur cultivé éprouvera un plaisir particulier à entrer dans l'univers finement codé créé par l'auteur.

Une variante de ce cas se rencontre dans des nouvelles ouvertes où l'auteur délègue au lecteur le soin de donner un sens ultime : la nouvelle devient une énigme dont la ou les solutions (si elle ou elles existent) est à construire en prenant en compte certains éléments du texte.

Troisième groupe

Il rassemble des nouvelles à enjeu idéologique, philosophique, métaphysique… dont la forme, la composition, les effets divers sont mis au service d'une dramatisation orientée, de la réflexion, de la protestation, de la mise en accusation.

Afin de dénoncer tel ou tel abus, tel ou tel comportement humain, l'auteur se sert de la nouvelle en jouant sur sa composition, sa brièveté, sa nervosité.

Dans les trois cas, l'auteur perturbe à dessein les lois les plus habituelles de la communication (exhaustivité, sincérité, pertinence) et de la narration (linéarité, chronologie) ; il tire profit de ces subversions dans trois grandes directions non exclusives l'une de l'autre :

– celle du divertissement : esthétique de la surprise, humour…

– celle de la connivence culturelle : références subtiles, intertextualités audacieuses…

– celle de la remise en question de l'homme et de la société : stigmatisation des défauts individuels (égoïsme, mesquinerie...), charge contre les grands fléaux sociaux (la guerre, la violence, l'intolérance, le fanatisme...).

PREMIER GROUPE

1 – « Cœur de Lion » – Robert BOUDET
2 – « Le Dragon » – Ray BRADBURY
3 – « Quand Angèle fut seule… » – Pascal MÉRIGEAU
4 – « Iceberg » – Fred KASSAK
5 – « Pauvre petit garçon ! » – Dino BUZZATI
6 – « Comment servir l'homme » – Damon KNIGHT

Les ouvrages critiques et les études sur la nouvelle (voir bibliographie, p. 9) mentionnent une particularité du genre : il affectionne les effets de surprise obtenus grâce à une chute inattendue et difficilement prévisible, voire totalement imprévisible. On peut même affirmer que certaines nouvelles ont tout l'air d'avoir été créées exclusivement en vue de dérouter le lecteur et de le prendre en défaut par ce moyen ; la réception deviendrait alors une sorte de jeu de cache-cache qui justifierait à lui seul les efforts d'imagination et de création du nouvelliste.

Les enseignants de lettres ont depuis longtemps perçu l'intérêt que de tels textes présentaient pour mettre leurs élèves dans des situations de lecture problématiques en même temps que motivantes. Nous avons retenu quelques-uns de ces récits : certains, comme « Quand Angèle fut seule… » de Pascal Mérigeau ou « Le Dragon » de Ray Bradbury sont déjà très pratiqués dans les classes de français, d'autres plus originaux mais de la même veine pourraient aussi être exploités avec profit.

Pour notre part, nous avons proposé des séquences de travail sur trois de ces textes dans de précédents ouvrages à caractère didactique :

– « Quand Angèle fut seule… » de Pascal Mérigeau (voir *La Lecture méthodique,* CRDP de Toulouse, 1989),

– « Iceberg » de Fred Kassak, (voir *Lire méthodiquement des textes,* Bertrand-Lacoste, 1995),

– « Chickamauga » de Ambrose Bierce (voir *La Communication dans la classe de français,* Bertrand-Lacoste, 1995).

Dans les trois cas, notre souci premier était de faire réfléchir sur l'acte de lire, plus précisément et en priorité, sur les compétences qu'il requiert. Ces préoccupations didactiques ou théoriques n'ont rien d'incompatible avec le plaisir de lire dès lors qu'on a choisi comme supports des nouvelles attrayantes ; cela suppose aussi qu'on adopte des stratégies susceptibles de piquer la curiosité et de motiver l'élève pour qu'il accepte de s'engager dans une étude plus approfondie.

Dans cet esprit, nous distinguerons deux types d'approche du texte en nous référant à la différence établie par divers théoriciens de la lecture[1] :

– d'une part, la « lecture-participation », au cours de laquelle le lecteur, soumis à la fiction, se laisse prendre par l'illusion référentielle, adhère simplement à l'histoire et réagit avant tout sur le mode affectif ;

– d'autre part, la « lecture-distanciation », qui refuse de céder à l'illusion référentielle et de considérer le texte comme un simple reflet de la réalité ; cette lecture plus distancée et plus conforme à une réception de type littéraire s'intéresse alors au texte comme objet construit, comme combinaison de procédés formels, comme jeu avec les stéréotypes et avec d'autres textes.

Les deux modes de rapport au texte ne sont pas exclusifs l'un de l'autre ; mais il va de soi qu'on doit toujours ménager un premier temps de lecture naïve, surtout avec de jeunes lecteurs. Cela n'empêche pas des manipulations du texte ou des mises en situation de lecture particulières, afin de préparer un second temps plus distancé au cours duquel on se livrera à des observations et des travaux divers pour accéder à des modes de réception plus littéraires.

1 - Voir le chapitre 1, « Participation et distanciation », dans *Stéréotype et lecture* de Jean-Louis Dufays, Éditions Mardaga, 1994.

Pour chacune des six nouvelles des groupes 1 et 2, nous ménagerons deux temps :

– le premier (« Éléments pour une interprétation ») prolonge plutôt une lecture-découverte du texte envisagé dans son intégralité et il met en évidence quelques-unes de ses particularités : il s'adresse autant à l'élève qu'à l'enseignant ; il ouvre des perspectives de relecture et propose des systèmes d'interprétation ;

– le second (« Pistes pédagogiques ») se situe dans une autre optique : destiné à l'enseignant, il ouvre des possibilités de travail pour la classe de français ; il suppose que le texte, distribué par l'enseignant, a été présenté ou découpé pour permettre d'atteindre les objectifs visés.

Pour les cinq nouvelles du groupe 3, nous procéderons de manière plus synthétique en abordant les textes simultanément selon quelques thèmes choisis

I. « CŒUR DE LION » de ROBERT BOUDET

Nous avons retenu cette petite histoire sans prétention car elle est accessible à de jeunes élèves de sixième, voire à des élèves de l'école élémentaire. Elle constitue un support fort utile pour évaluer les compétences des élèves et pour amorcer une réflexion simple sur la lecture…

❑ Éléments pour une interprétation

Les deux premiers mots placent le lecteur sous le signe d'une double ambiguïté : « Il était… » pourrait fort bien se prolonger par « … une fois » pour nous engager dans un conte de fée, mais il annonce en fait la désignation d'un héros pour le moins énigmatique puisqu'on n'apprend que son sobriquet « Cœur de Lion ». La phrase initiale laisse le choix entre plusieurs univers possibles, depuis – pour les lecteurs lettrés ou historiens – celui de chevaliers du Moyen-Âge avec le Roi Richard ainsi dénommé pour sa grande bravoure jusqu'à – pour les lecteurs distraits ou naïfs – celui de la savane où règne le roi des animaux, le lion. Nous préférons ignorer ici les réceptions aberrantes provoquées par une publicité récente où « Cœur de Lion » désigne un fromage, camembert ou coulommiers ! Pour mieux apprécier le choix narratif de l'auteur, ultérieurement, on comparera cette entame avec une autre possible : « Le jeune mulot était si courageux… ».

Quelle que soit l'anticipation permise par la culture du récepteur, la narration installe un héros aussi omniprésent qu'anonyme en dépit de son nom : avons-nous affaire à un humain ? un animal ? Il faut suivre la chaîne référentielle constituée par une trentaine de termes pour tenter d'en savoir plus long. En effet, « Cœur de Lion » (x 5) et « héros de sa communauté » n'informent pas plus sur son identité que les nombreux pronoms dont vingt-deux renvoient au personnage en situation active (agent de l'action) : « il », « je » mais aussi « on » ; et seulement huit au héros en situation le plus souvent passive : « le », « l' », « lui ». Le nombre important des termes – expressions ou substituts grammaticaux – qui désignent le héros contribue à la vérité psychologique d'une histoire dans laquelle un personnage s'affirme de manière constante avec une conscience naïve et excessive de sa valeur : la punition finale de sa forfanterie n'en aura que plus de signification morale ! En même temps, cette insistance n'est pas neutre au niveau de la narration car elle fait une sorte de diversion en rivant le lecteur à un récit vif, aux péripéties rapidement enchaînées ; de la sorte, la rupture « Il n'alla pas loin » et la révélation finale de l'identité du petit rongeur deviennent plus surprenantes.

❑ Pistes pédagogiques

On peut avec le texte de « Cœur de Lion » mettre de jeunes élèves en situation de lecture critique pour les initier à la prise de distance par rapport au texte, ce qui revient à faire réfléchir au processus de la construction du sens. Un tel objectif suppose la mise en œuvre d'un scénario simple, sur le modèle de ceux qu'autorisent de tels récits.

• Une démarche

Avant de distribuer le texte, on en donne le titre ; cette annonce offre une première occasion de formuler des hypothèses sur le contenu du récit à venir : il est intéressant de les recueillir afin de percevoir les attentes des élèves en relation avec leurs compétences et connaissances.

1 – Le texte étant distribué sans les cinq dernières phrases (jusqu'à «… Il n'alla pas loin. » inclus), on commence par une lecture individuelle du texte.

2 – On précise que le texte a été volontairement écourté de cinq à six lignes puis on demande aux apprentis lecteurs d'imaginer une suite et une fin. En fonction du niveau de compétence des élèves, on opte pour un récit oral ou écrit.

Dans les deux cas, il est important de réserver un temps de confrontation entre les diverses propositions de dénouement dont on aura pris soin de conserver une trace. Mieux, il est d'une utilité pédagogique évidente de demander à chacun de justifier ses choix narratifs : qu'est-ce qui dans le texte donné à lire autorise à conclure le récit de cette manière ?

3 – On dévoile la fin du récit telle que l'auteur l'a voulue. Il faut mettre à profit les écarts entre sa logique et celles des élèves pour engager une recherche plus exigeante sur la conduite de l'ensemble de l'histoire. On entre alors véritablement dans une réflexion sur l'acte de lire, plus spécialement quand celui-ci s'exerce sur un texte de type narratif. Autrement dit, on tente maintenant de répondre à la question : *comment l'auteur a-t-il manœuvré et sur quels éléments a-t-il joué pour nous abuser ?*

a) Le premier niveau de réponse repose sur des *éléments présents formellement dans le texte,* notamment sur ce qui permet l'identification du héros de l'histoire : cela demande de reconstituer la « chaîne référentielle » des mots qui le désignent (voir plus haut), puis de relever les traits physiques et moraux qui le caractérisent (« la moustache arrogante », « qui détestait l'eau »...). Dans le prolongement de ces repérages et pour tenter de construire un univers cohérent, un monde possible, il est logique de s'intéresser aussi aux personnages qui l'entourent (« sa communauté », « sa mère », « son père ») ainsi qu'à ceux qu'il rencontre et qu'il sauve.

La grenouille (« La pauvre », « le batracien », « la malheureuse ») menacée par « la redoutable couleuvre d'eau » appartient bien au règne animal mais cela n'est guère suffisant pour décider de l'identité de Cœur de Lion. La fourmi (« L'inconsciente ») sur le point de succomber dans le piège de « l'épouvantable épeire » (« la tisseuse ») ne permettra pas une affirmation plus assurée.

Ces observations peuvent se prolonger opportunément par des activités dans le domaine de la pratique raisonnée de la langue :

– travail sur les substituts du nom (pronoms personnels sujets « il » et « je » ; compléments « le », « l' » et « lui ») et sur le phénomène de l'anaphore pronominale,

– étude de l'anaphore nominale et de ses variantes :

. anaphore fidèle : « une fourmi » <— « la fourmi », avec simple changement de déterminant,

. anaphore infidèle : « une grenouille » <— « le batracien », avec recours à l'hyperonyme,

. anaphore conceptuelle ou résumante : « une grenouille » <— « la malheureuse » (la reprise de « grenouille » par « malheureuse » est compréhensible quand on a eu connaissance du danger auquel est exposé le batracien).

Dans l'esprit de la grammaire de texte, ces phénomènes linguistiques sont intéressants à examiner car ils conditionnent la cohérence du récit qui n'est pas sans poser des problèmes aux apprentis lecteurs.

Les doutes sciemment créés et entretenus par l'auteur ne dépendent pas seulement d'une stratégie narrative au sens étroit du terme, ils renvoient aussi à toutes les connaissances disponibles chez le lecteur.

b) Le deuxième niveau de réponse se fonde en effet sur des éléments absents du texte dans la mesure où le lecteur donne une cohérence au récit à partir de scénarios déjà rencontrés, de stéréotypes partagés ou de situations traditionnelles. Il est intéressant ici de faire rechercher les éventuels topoi narratifs convoqués inconsciemment.

• Des scénarios récurrents

« Cœur de Lion » ne rappelle-t-il pas un conte des frères Grimm, dans lequel un certain valeureux petit tailleur, très fier d'avoir tué sept mouches d'un seul coup de lambeau de drap, part le faire savoir au monde entier après avoir brodé l'inscription « Sept d'un coup » sur sa ceinture ? La lecture d'un passage décisif du conte permet de vérifier l'existence de ce qu'on appellera un topos :

> Cependant l'odeur de la confiture attirait les mouches qui couvraient le mur, et elles vinrent en foule se poser dessus. « Qui vous a invitées ici ? » dit le tailleur en chassant ces hôtes incommodes.
>
> Mais les mouches, qui n'entendaient pas le français, revinrent en plus grand nombre qu'auparavant. Cette fois, la moutarde lui monta au nez, et saisissant un lambeau de drap dans son tiroir : « Attendez », s'écria-t-il, « je vais vous en donner ! » Et il frappa dessus sans pitié. Ce grand coup porté, il compta les morts ; il n'y en avait pas moins de sept, qui gisaient les pattes étendues.
>
> « Peste ! » se dit-il, étonné lui-même de sa valeur, « il paraît que je suis un gaillard ; il faut que toute la ville le sache. »
>
> Et, dans son enthousiasme, il se fit une ceinture et broda dessus en grosses lettres : « Sept d'un coup ! »
>
> « Mais la ville ne suffit pas », ajouta-t-il encore, « il faut que tout le monde tout entier l'apprenne. » Le cœur lui frétillait de joie dans la poitrine comme la queue d'un petit agneau.
>
> Il mit donc sa ceinture et résolut de courir le monde, car sa boutique lui semblait désormais un trop petit théâtre pour sa valeur.
>
> *Le Valeureux Petit Tailleur* des frères Grimm

– Cœur de Lion ne fait-il pas penser au rat de la fable de La Fontaine qui délivre le lion des filets (Fables 11 et 12 du Livre II), prouvant qu'« on a souvent besoin d'un plus petit que soi » ? (dans quelle mesure le choix de la fourmi n'a-t-il pas aussi été dicté à l'auteur de « Cœur de Lion » par la connaissance de « La Colombe et la Fourmi » ?)

La fable de La Fontaine atteste de la permanence d'un scénario hérité d'Ésope (« Le Lion et le Rat reconnaissant »), exploité par Marot dans son « Épître à son ami Lion » et à la valeur universelle si reconnue qu'elle est devenue proverbiale :

Le Lion et le Rat – La Colombe et la Fourmi

Il faut, autant qu'on peut, obliger tout le monde,
On a souvent besoin d'un plus petit que soi.
De cette vérité deux fables feront foi,
Tant la chose en preuves abonde.

Entre les pattes d'un lion
Un rat sortit de terre assez à l'étourdie.
Le roi des animaux, en cette occasion,
Montra ce qu'il était, et lui donna la vie.
Ce bienfait ne fut pas perdu.
Quelqu'un aurait-il jamais cru
Qu'un lion d'un rat eût affaire ?
Cependant il advint qu'au sortir des forêts
Ce lion fut pris dans des rets,
Dont ses rugissements ne le purent défaire.
Sire rat accourut, et fit tant par ses dents
Qu'une maille rongée emporta tout l'ouvrage.

Patience et longueur de temps
Font plus que force et que rage.

L'autre exemple est tiré d'animaux plus petits.

Le long d'un clair ruisseau buvait une colombe,
Quand sur l'eau se penchant une fourmi y tombe
Et dans cet océan l'on eût vu la fourmi
S'efforcer, mais en vain, de regagner la rive.
La colombe aussitôt usa de charité :
Un brin d'herbe dans l'eau par elle étant jeté,
Ce fut un promontoire où la fourmi arrive.
Elle se sauve ; et là-dessus
Passe un certain croquant qui marchait les pieds nus.
Ce croquant, par hasard, avait une arbalète.
Dès qu'il voit l'oiseau de Vénus,
Il le croit en son pot, et déjà lui fait fête.
Tandis qu'à le tuer mon villageois s'apprête,
La fourmi le pique au talon.
Le vilain retourne la tête :
La colombe l'entend, part, et tire de long.
Le souper du croquant avec elle s'envole :
Point de pigeon pour une obole.

La Fontaine, *Fables, Livre II, fables 11 et 12*

Selon la référence que le lecteur adopte en fonction de ses connaissances (... ou de ses ignorances !), le récit prend une orientation :

– s'il s'agit du conte par exemple, l'optimisme sera de rigueur tant il est vrai que les héros finissent par triompher des multiples épreuves nécessaires à leur initiation,

– s'il s'agit de la fable, le récit sera lu comme l'illustration d'une morale à venir.

Repères

L'ACTE DE LIRE

L'acte de lire repose sur une profusion de savoirs, de compétences et de connaissances culturelles... Pour plus de clarté, il est bon de distinguer dans cet ensemble complexe trois grands domaines :

– celui des opérations mentales,
– celui des compétences de la réception,
– celui du projet.

En situation de communication différée, l'émetteur, producteur d'un message que nous appellerons une « trace » (texte écrit, dessin...), est absent ; il laisse au récepteur le soin de construire seul une signification. Pour assumer sa responsabilité et mener à bien son activité, le lecteur doit avant tout mettre en œuvre des opérations mentales grâce auxquelles les détails insignifiants de la trace deviendront des indices susceptibles de nourrir ou de valider des hypothèses de sens.

Les opérations mentales

Quatre opérations mentales en priorité concourent à la construction du sens : l'anticipation, la création d'indices, l'élaboration d'hypothèses, la validation des hypothèses en vue d'une interprétation.

1 – *L'anticipation* concerne la capacité à émettre des hypothèses sur les significations possibles du texte à venir : le lecteur, à partir de quelques premiers indices, suppose que l'objet qu'il a sous les yeux prendra tel ou tel sens, ou tout au moins que les sens futurs seront de telle ou telle nature. On peut parler aussi d'attente pour désigner ce qui tient à la fois de la conjecture, de la supposition, de la prévision, de la spéculation ou de l'éventualité. Toute signification anticipée peut évidemment se révéler fausse, ou plus exactement être déçue...

L'anticipation joue un rôle essentiel pour le démarrage de l'activité de lecture – sur le « seuil du livre » pour reprendre l'expression de Genette – mais aussi tout au long de la démarche, par un jeu de suppositions permanentes à propos de ce qui va suivre. Sans cesse, l'attente d'une suite telle que le lecteur l'a prévue dynamise et organise la construction du sens.

2 – La création d'*indices*, à partir des détails de la trace, est aussi essentielle. L'indice n'apparaît pas magiquement comme une donnée en soi mais résulte d'une active mise en relation entre les multiples détails matériels constituant le document à lire et les savoirs antérieurement installés dans l'esprit du lecteur. Sans connaissances préalables, pas d'indices possibles !

Par ailleurs, l'indice est toujours relatif car il dépend de l'orientation de la recherche du lecteur : selon les projets de lecture, un même détail (un mot par exemple) deviendra un indice de première importance ou d'un intérêt faible sinon nul, ou bien il se prêtera à la création d'indices de natures très différentes.

3 – L'émission d'*hypothèses*

Comme son nom l'indique, l'hypothèse désigne le sens supposé et provisoire découlant de la création des indices et surtout de leur mise en relation. Fragile, elle est menacée sans cesse d'invalidation par l'apparition de nouveaux indices. Malgré tout, un bon lecteur confirme la plupart des hypothèses émises.

4 – La *validation* des hypothèses permet de décider si les constructions échafaudées précédemment peuvent être maintenues et retenues à titre d'interprétation. Il faut en effet distinguer l'hypothèse de l'*interprétation*, celle-ci renvoyant à une signification arrêtée et recevable car validée au terme du processus complexe de construction de sens.

- **Le processus de la lecture**

Le travail de recherche organisé sur « Cœur de Lion » présente l'avantage de faire réfléchir au processus de la lecture. Les quatre activités mentales identifiées dans le repère se retrouvent aisément tout au long de la reconstitution d'un cheminement suivi par le lecteur :

– l'anticipation débute dès la lecture du titre et, se poursuivant tout au long de la réception du texte, devient cruciale lorsqu'il s'agit d'imaginer une fin ;

– de multiples détails de la trace sont transformés en indices afin de construire des hypothèses dont la plus évidente touche à l'identité de Cœur de Lion ; quelques exemples révélateurs de ce phénomène central sont aisés à détacher :

. la maîtrise linguistique des substituts du nom construit une chaîne référentielle par anaphores successives et donne une cohérence textuelle qui fonde celle de l'histoire racontée,

. la connaissance lexicale inséparable de la connaissance des objets du monde construit un univers possible dans lequel des animaux entrent dans des relations signifiantes : grenouille et couleuvre, fourmi et épeire ; ce petit monde devient lui-même indice pour imaginer le sauveur Cœur de Lion comme un petit animal (par exemple : est-ce un chat à la moustache arrogante et qui déteste l'eau ?)...

– la validation est, elle aussi, permanente... même si elle reste bloquée en grande partie jusqu'à «... la sortie du nid des mulots », par la volonté d'un auteur qui tire facétieusement les ficelles narratives.

Grâce à une telle séquence de travail sur et autour du texte, il devient clair que lire demande la mobilisation de nombreuses connaissances et compétences.

Prolongements

- ***Comparez « Cœur de Lion » à un conte dans lequel la quête initiatique est menée avec succès jusqu'à son terme :*** **Le Valeureux Petit Tailleur** ***des frères Grimm par exemple.***
- ***Récrivez la fin de*** **Cœur de Lion** ***à partir de « Il partit un beau matin, droit devant lui et sans se retourner. » en rétablissant le scénario initiatique traditionnel : Cœur de Lion subit de nouvelles épreuves à son avantage et la fin de l'histoire le voit aussi glorieux que comblé. Votre récit achevé, vous pouvez rétrospectivement modifier quelques éléments du début du texte de Robert Boudet pour donner plus de cohérence à l'ensemble de l'histoire.***

II. « LE DRAGON » de RAY BRADBURY

Un tel titre pour une nouvelle écrite par l'auteur bien connu des *Chroniques martiennes* ne peut manquer d'allécher un lecteur tant soit peu averti. Des attentes naissent sûrement du choc entre l'évocation d'un animal fabuleux qui appartient plutôt au passé et l'identité d'un auteur plutôt tourné vers des mondes futurs.

❑ Éléments pour une interprétation

Le texte multiplie les ambiguïtés pour se clore sur un coup de théâtre qui laisse perplexe au point d'imposer un retour en arrière. La relecture ne suffit cependant pas à lever le mystère, à réduire toutes les résistances du texte.

Le premier paragraphe met l'accent sur un décor effrayant qui conviendrait aussi bien à un conte de fées qu'à un récit fantastique, le dragon annoncé par le titre faisant plutôt pencher pour le premier. Quelques éléments stéréotypés marquent plus que d'autres : le vent, la lande, l'obscurité... Des indications temporelles ne manquent pas d'intriguer (« Depuis des siècles... », « Il y avait une éternité... »). Deux hommes paraissent écrasés dans les ténèbres et nous ne les identifierons que très progressivement à l'aide de détails tels que « son épée », « au château », « des étriers d'argent » : il s'agit de chevaliers envoyés là pour un combattre un dragon dont ils donnent plus loin une description fondée sur des ouï-dire.

L'incertitude sur le temps s'accroît :

« — Neuf cents ans se sont écoulés depuis la Nativité...

— Ce n'est pas vrai, murmura le second chevalier. Sur cette terre ingrate, le Temps n'existe pas. Nous sommes déjà dans l'Éternité. ». Le brouillage des repères temporels est opéré avec insistance par des notations redondantes. Parallèlement, le fantastique des lieux est accentué dans le sens d'une inhumanité teintée de désespoir. Le conte de fées est de plus en plus improbable alors que le registre fantastique s'impose de plus en plus nettement. Le lecteur ne sait plus trop selon quelle logique il doit anticiper mais il est malgré tout entraîné par le suspens de l'aventure puisque le combat avec le Dragon paraît inéluctable. Il aura lieu, ne laissant aucune chance aux deux héros qui périssent. Les dernières lignes donnent en apparence la clé de l'énigme : le dragon est un train à vapeur conduit par deux mécaniciens dont l'un se prénomme Fred.

Dans l'esprit du lecteur, deux univers entrent alors en conflit sans que le texte délivre les détails qui permettraient une explication logique de cette anomalie. Comment deux chevaliers en armure du Moyen-Âge pourraient-ils rencontrer une locomotive ? Il est cependant clair que l'ambiguïté dragon / locomotive est levée par le dénouement : il s'agit bien en dernier ressort d'un train à vapeur. Cette certitude affecte dès lors la « réalité » des deux chevaliers au point que l'on peut se demander s'ils n'existent pas que dans l'imagination des conducteurs de la locomotive. Le dialogue final ne permet guère de lever le doute puisque, d'un côté, deux individus disent avoir constaté la même chose (le train a heurté un chevalier en armure) et que, d'un autre côté, l'un d'eux affirme : « Un jour, je me suis arrêté et je n'ai rien vu. ». Si l'on adopte le critère d'hésitation proposé par Todorov, le texte se range dès lors dans la catégorie des nouvelles fantastiques.

❑ Pistes pédagogiques

Figurant dans le recueil *Un remède à la mélancolie*, cette nouvelle brève de Bradbury a déjà servi de support didactique à Annette Béguin dans son ouvrage *Lire-écrire – Pratique nouvelle de la lecture au collège* (Éd. L'École, 1982). Nous n'ignorons pas ses propositions dont nous nous inspirons partiellement.

• Attentes

La manipulation textuelle exploitée pour « Cœur de Lion » présente ici encore un grand intérêt mais, compte tenu de la subtilité du récit, elle se met au service d'objectifs plus ambitieux, à l'intention d'élèves plus âgés (fin du collège).

Le titre, évidemment, doit être exploité : rien n'interdit que les élèves soient sollicités pour dire ce que ce mot évoque pour eux. Le dictionnaire signale plusieurs sens :

> I. ◆ 1° Animal fabuleux qu'on représente généralement avec des ailes, des griffes et une queue de serpent. [...] ◆ 2° *Fig.* Gardien, surveillant, vigilant et intraitable. [...] *Vieilli.* Femme acariâtre, violente, aux manières brutales. [ ] ◆ 3° Dans l'iconographie chrétienne, figure du démon. [...] ◆ 4° Dragon volant : genre de reptiles (Sauriens) caractérisés par la présence d'un repli membraneux formant parachute.
>
> II. Ancienn. Soldat de cavalerie. [...]

mais il est fort vraisemblable que la bête légendaire du 1° aura la faveur des élèves. À l'image du monstre couvert d'écailles et crachant le feu sont associées celles du conte de fées ou du récit fantastique.

Plus récemment, est apparu au cinéma, dans un film de Walt Disney, un gentil dragon qui risque fort d'avoir laissé des traces dans la mémoire des plus petits. Cependant la lecture plus avancée du texte démentira cette figure sympathique en rapprochant nettement l'animal du dragon de l'Apocalypse, connu des familiers de la *Bible* :

> « **XII 3** Alors un autre signe apparut dans le ciel :
>
> C'était un grand dragon rouge-feu.
>
> Il avait sept têtes et dix cornes,

et sur ses têtes, sept diadèmes.

4 Sa queue, qui balayait le tiers des étoiles du ciel, les précipita sur la terre [...]

7 Il y eut alors un combat dans le ciel :

Michaël et ses anges combattirent contre le dragon [...]

9 Il fut précipité le grand dragon, l'antique serpent, celui qu'on nomme

Diable et Satan, le séducteur du monde entier,

il fut précipité sur la terre et ses anges avec lui. »

Apocalypse de Jean, XII

Dans une autre veine religieuse plus tardive, un Dragon à qui une princesse va être sacrifiée est tué par Saint Georges, martyr très populaire au Moyen-Âge ; cet exploit légendaire relève du merveilleux chrétien : il fut le sujet de nombreuses icônes slaves ou inspira des peintres de la Renaissance vénitienne comme Carpaccio *(Saint Georges et le dragon)* ou Le Tintoret *(Saint Georges délivrant la princesse).*

Il devient manifeste dans le texte que les références des deux chevaliers de la lande sont plutôt d'ordre religieux si l'on en juge par leurs appels à la protection divine.

• Démarche de lecture et d'étude

1. Pour organiser la lecture-découverte, divers découpages du texte sont possibles.

Nous choisissons de suspendre le récit à trois de ses tournants principaux :

• du début jusqu'à « Les deux hommes frissonnèrent. »

• de « Ils prêtèrent l'oreille... » jusqu'à « Oh ! Mon Dieu ! »

• de « À plusieurs lieues de là... » jusqu'à «... le dragon était passé... »

• de « Tu as vu ? » jusqu'à la fin : la révélation de cette

partie est différée jusqu'à la fin de la phase 2 de la séquence.

Les trois premières unités narratives ainsi délimitées sont distribuées l'une après l'autre aux élèves : à chacune des deux interruptions, il leur est demandé de poursuivre le récit en tenant compte des indices déjà prélevés. On prend soin de ménager des temps d'arrêt suffisants afin que les élèves aient la possibilité de récapituler les éléments antérieurs et de construire une suite justifiable : les deux propositions seront faites oralement ou par écrit, toujours selon le niveau des élèves.

Plus simplement, comme le suggère A. Béguin, le texte peut être divisé en deux parties de longueurs à peu près égales pour mener une lecture « prospective » qui amène à identifier divers modèles successifs : d'abord le conte de fées, puis après la perturbation des codes de celui-ci, la nouvelle fantastique.

2. L'écriture d'un dénouement (quatrième portion du texte) est demandée aux élèves. Les fins proposées sont examinées, chacun ayant soin de justifier la sienne en s'appuyant sur les indices appropriés. Cette phase est particulièrement importante pour faire démonter les processus de l'acte de lire (voir le repère « L'acte de lire », p. 26).

3. Enfin, la confrontation avec la chute imaginée par Bradbury est l'occasion d'un retour sur le texte pour mener une étude plus approfondie selon deux perspectives principales :

– quels éléments du texte ont-ils été manipulés, à quels endroits et de quelle manière ?

– comment l'auteur joue-t-il avec les stéréotypes littéraires, c'est-à-dire avec la compétence encyclopédique du lecteur ?

L'auteur crée l'ambiguïté en recourant surtout à deux ruses :

– l'assimilation du train à un dragon,

– l'incertitude sur l'époque où se déroule l'histoire.

Si l'on démonte le premier subterfuge concernant le dragon, on constate que le lecteur connaît d'abord le monstre par les propos des deux chevaliers. Les deux héros en perdition donnent une description proprement apocalyptique de la bête :

> « On dit que ses yeux sont deux braises ardentes, son souffle, *une fumée blanche* et que, tel un trait de feu, *il fonce à travers la campagne, dans un fracas de tonnerre, un ouragan d'étincelles, enflammant l'herbe des champs.* À sa vue, pris de panique, les moutons s'enfuient et périssent piétinés, les femmes accouchent de monstres. Les murs des donjons s'écroulent à son passage. Au lever du jour, on découvre ses victimes éparses sur les collines. Combien de chevaliers, je te le demande, sont partis combattre ce monstre et ne sont jamais revenus ? »

Cette représentation est fondée sur des ouï-dire et plutôt axée sur les dommages terrifiants causés par le monstre.

Dans un second temps, le narrateur prend à deux reprises le relais pour présenter la bête :

> « Au fur et à mesure qu'il se rapprochait, sa monstrueuse exubérance déchirait en lambeau le manteau de la nuit. *Son œil jaune et fixe,* dont l'éclat s'accentuait *quand il accélérait son allure pour grimper une pente, faisait surgir brusquement une colline de l'ombre puis disparaissait au fond de quelque vallée ; la masse sombre* de son corps, tantôt distincte, tantôt cachée derrière quelque repli, *épousait tous les accidents du terrain.* »

puis,

> « À cet instant, le dragon contourna la colline. Son œil, sans paupière, couleur d'ambre clair, les absorba, embrasa leurs armures de lueurs rouges et sinistres. Dans un horrible gémissement, à une vitesse effrayante, il fondit sur eux. »

Les termes utilisés paraissent plus objectifs mais ne dissipent pas pour autant le malentendu.

Seules des relectures font prendre conscience du double sens de la plupart des termes (voir les expressions en italiques) et de quelques évolutions entre les deux séries de descriptions : par exemple, les chevaliers disent que « ses yeux sont deux braises ardentes » alors que le narrateur ne signale plus que « son œil jaune et fixe », plus proche de la locomotive type Far-West choisie comme référence par Bradbury. La métaphore animale pour désigner le train est quasiment un topos littéraire comme en témoigne la Lison de *La Bête humaine* dans l'œuvre de Zola mais la prégnance des éléments fantastiques dans le récit conduit par Bradbury est telle que le soupçon ne vient pas à l'esprit du lecteur : le piège fonctionne à tout coup !

Si l'on s'intéresse au second subterfuge, c'est-à-dire l'incertitude sur l'époque, on constate qu'il résulte du brouillage des indices temporels autant que de la tonalité fantastique du décor. Il se conjugue avec la méprise sur la nature du monstre analysée plus haut.

Les deux manipulations rendent possible le renversement qui s'opère entre le début et la fin du texte : d'un Moyen-Âge aussi opaque que mythique, le lecteur se trouve brutalement transporté à l'époque contemporaine dans une situation des plus ordinaires. Cela se retrouve dans la rupture des registres : discours épique de la majorité du texte contre langue triviale des dernières lignes (« J'ai les foies », « Mon vieux », « Pour un empire, le gars… », « Faut arriver à l'heure… »).

Le fantastique finit par s'imposer si l'on s'en tient à ce qui le caractérise : « Le fantastique proprement dit réside dans l'ambiguïté créée par le texte quant à la nature des événements racontés ; le lecteur – comme des personnages de l'histoire elle-même – est en proie au doute, il hésite entre une explication rationnelle et le recours à l'irrationnel. » (Parcours de lecture n° 22, *Contes fantastiques*, p. 78 chez Bertrand-Lacoste).

Mener la lecture du *Dragon* nécessite évidemment la mise en œuvre des opérations mentales désignées dans le repère sur l'acte de lire (p. 26, 27). En fractionnant la lecture de la nouvelle et en demandant d'émettre des hypothèses anticipatrices lors de chacune des pauses, le professeur demande à ses élèves une recherche précise d'indices et la construction d'une cohérence narrative. Quand, après la révélation finale, on relit l'ensemble de la nouvelle, on peut vraiment procéder à la décomposition de tout le processus d'interprétation du texte. Dans cette phase de réflexion plus distancée sur le fonctionnement du récit, il est aussi possible de s'interroger sur les compétences mises en œuvre par le récepteur pour élaborer une interprétation.

Repères

LES COMPÉTENCES DE LA RÉCEPTION

Analyser, en les distinguant, les compétences d'un lecteur est une autre manière d'aborder la description de son activité. En se référant aux propositions de Catherine Kerbrat-Orecchioni (voir *L'implicite,* A. Colin, 1986), on dispose d'un ensemble de quatre compétences – linguistique, encyclopédique, logique, rhétorico-pragmatique – qui, en même temps que l'activité générale de tout récepteur de message concernent le récepteur - lecteur dans une situation de communication différée. Nous renvoyons pour plus de détails à un article fondateur de Michel Mougenot (Supplément au n° 76 du *Français aujourd'hui* de décembre 1986).

« S'interroger sur le sens d'un énoncé implique une théorie du sens. C. Kerbrat-Orecchioni s'inspire explicitement de certains théoriciens de la littérature : un énoncé n'a pas de sens en soi ; il n'accède au sens qu'à partir du moment où il est reçu, perçu, déchiffré. Le sens n'est donc pas un donné mais une fonction à deux arguments : le signifiant d'une part et les compétences du récepteur d'autre part. [...]

– La compétence linguistique

Elle prend en charge pour leur assigner des signifiés, en vertu des règles constitutives de la langue, les signifiants textuels, cotextuels et prosodiques. Est-il besoin de rappeler la complexité de cette compétence, avec ses variantes dialectales, sociolectales et idiolectales et la diversité de ses composantes (lexicale, syntaxique, prosodique, stylistique, typologique...).

– La compétence encyclopédique

Vaste réservoir d'informations extra-énoncives portant sur le contexte. Ensemble de savoirs et de croyances, système de représentations, interprétations et évaluations de l'univers référentiel et dont une partie seulement se trouve mobilisée dans les opérations de décodage.

– La compétence logique

Elle permet d'effectuer un certain nombre d'opérations diverses qui s'apparentent, quelquefois, à la logique formelle ou qui, le plus souvent, sont spécifiques à la « logique naturelle ».

– La compétence rhétorico-pragmatique

Elle comprend un certain nombre de lois et de principes qui sont « le lien social de la parole » et constituent un véritable code déontologique du bon usage de la parole. Ces principes sont linguistiquement pertinents, même s'ils n'appartiennent pas à la compétence linguistique, parce qu'ils interviennent de façon décisive dans l'interprétation des énoncés.

– *principe de coopération,* condition régulatrice dont dépend la viabilité de l'échange ; il implique la recherche d'une efficacité maximale de l'échange conversationnel d'informations.

– *loi de pertinence :* un énoncé est d'autant plus pertinent qu'avec moins d'informations il amène l'auditeur à enrichir ou modifier le plus ses connaissances ou que celui-ci peut en tirer certaines conséquences pratiques immédiates. C'est notamment parce qu'un énoncé n'est pas jugé suffisamment pertinent dans son sens littéral que le récepteur cherchera à le rendre plus pertinent en lui donnant un sens dérivé, implicite.

– *loi de sincérité :* si le mensonge est fréquemment attesté, il n'en est pas moins un comportement marqué par rapport à la norme de sincérité. (Une preuve tout à fait suggestive : le mot « menteur » n'a pas d'antonyme en français...).

– *loi d'exhaustivité :* un énoncé doit fournir l'information pertinente maximale. Être exhaustif c'est fournir le maximum d'informations dont on est capable, sur un sujet donné, tout en étant pertinent (il faut dire tout ce qu'il y a à dire, mais ne pas en dire plus et tomber dans le superflu...). »

Nous compléterons le propos en disant que les quatre compétences ainsi définies se conjuguent avec les opérations mentales précédemment désignées dans le repère précédent. Ainsi le processus de transformation des détails du signifiant en indices s'opère nécessairement grâce à la compétence encyclopédique, ou encore la compétence logique intervient de manière essentielle dans la mise en relation des indices afin de créer des hypothèses...

• Une fiction rusée

Dans « Le Dragon », on comprend désormais mieux comment l'auteur piège le lecteur : il spécule sur ses compétences.

En effet, au cours de la lecture du « Dragon », la *compétence linguistique* est en permanence à l'œuvre chez le récepteur puisqu'elle suppose la nécessaire connaissance active du lexique et de la syntaxe français, mais aussi la perception de toute une série de subtilités : registres de langue, prise en compte des champs lexicaux avec leurs effets...

La *compétence encyclopédique* se combine étroitement avec la compétence linguistique en même temps qu'elle la prolonge. D'abord, à un niveau de lecture élémentaire, elle est indispensable pour transformer les détails du texte en indices. Plus subtilement, un lecteur qui ne disposerait pas de références suffisantes dans les domaines de connaissance pertinents pour traiter un tel texte risque fort de ne pas être sensible à ce qui en fait la valeur. L'auteur ruse tout particulièrement en brouillant les identifications, oscillant entre le merveilleux et le fantastique, le Moyen-Âge et l'époque contemporaine, l'Europe médiévale des chevaliers et l'Amérique ferroviaire de la fin du XIXème ou du XXème, la lutte épique mais vaine de héros sacrifiés et les préoccupations terre à terre de travailleurs soucieux d'arriver à l'heure... Avouons qu'en dehors de ces jeux culturellement marqués le texte présente fort peu d'intérêt.

La *compétence logique* permet de créer les relations entre les éléments précédents qui relèvent pour une part de la forme concrète du texte et pour une autre part de multiples savoirs hors-texte. En fin de compte, cette compétence se heurte ici à un problème quasiment insoluble et ce n'est pas le moindre des effets du texte que de laisser le lecteur dans la perplexité. Il est vrai qu'on trouverait peut-être une issue en décrétant que les chauffeurs de la locomotive ont eu une hallucination… mais sortir par cette pirouette de l'irrésolution ne répond justement pas à une logique rigoureuse : le texte pose d'abord l'existence des chevaliers, puis la convergence forte des constats des deux conducteurs de la locomotive. En réalité, et c'est là sa raison d'être, le texte se veut fantastique et en tant que tel il doit défier les lois de la logique ordinaire. Le lecteur qui dispose d'une bonne compétence encyclopédique acceptera les limites imposées à sa compétence logique !

De la même manière, une *compétence rhétorico-pragmatique* satisfaisante donnera au lecteur la distance suffisante à l'égard d'un discours ainsi construit : elle l'aidera à interpréter le texte dans le respect des lois qui régissent les textes littéraires et les univers de fiction.

Prolongements

Le voyage dans le temps et le télescopage de civilisations éloignées sont des thèmes fréquemment exploités par la science-fiction, le récit fantastique, la BD ou le cinéma (pensons par exemple au succès de films comiques comme François Ier *de Christian-Jacque avec Fernandel ou, plus près de nous, aux* Visiteurs*...).*

- ***En choisissant deux univers historiquement distincts et bien caractérisés, imaginez une histoire dans laquelle un personnage, soit retourne dans un passé lointain, soit réapparaît quelques siècles plus tard. Vous adopterez un mode de narration déterminé : comique, onirique, fantastique...***

III. « QUAND ANGÈLE FUT SEULE... » de PASCAL MÉRIGEAU

Pas de titre donné à cette nouvelle par son auteur ! Selon l'usage, le tout début du texte permettra de l'identifier mais n'y a-t-il pas déjà dans ces quatre premiers mots une amorce assez puissante pour intriguer le lecteur ? Magie du passé simple, ouverture par le « quand... » sur des possibles narratifs, originalité du prénom, mystères de la solitude... Et le lecteur du quotidien *Le Monde* s'étonnera peut-être de la présence dans ce recueil de Pascal Mérigeau, le chroniqueur cinématographique du journal.

❑ Éléments pour une interprétation

La nouvelle de Pascal Mérigeau a connu une fortune particulière chez les professeurs de français parce qu'elle a été un support fréquemment exploité dans les stages de formation continue pour travailler sur la lecture. Il semble que le premier à l'avoir utilisée soit Yves Reuter : il lui consacre un long article dans le n° 76 de la revue *Pratiques*. Il précise que le texte figurait à l'origine dans une revue intitulée *Polar* (n° 28 de l'hiver 1983) : la connaissance de ce « détail » permet de posséder un indice important dans la mesure où elle induit en priorité – mais non de manière exclusive, si l'on suit Y. Reuter quand il propose aussi une « lecture psychologico-réaliste » – une lecture orientée vers la recherche de détails policiers. Afin de laisser le maximum d'ouverture aux hypothèses de sens, il paraît donc préférable de différer la mention de l'origine du texte quand on le distribue.

Pour emprunter d'autres pistes, nous renvoyons à *Pratiques* n° 76 : les suggestions interprétatives, didactiques et théoriques de Y. Reuter (« Comprendre, interpréter, expliquer des textes en situation scolaire. À propos d'*Angèle* ») sont complétées par une étude de Jean-Marie Privat (« Les rats de la Saint-Jean – Une lecture ethnocritique d'*Angèle* »).

Y. Reuter distingue deux lectures concurrentes. L'une, qu'il qualifie « de réaliste- psychologique », s'impose fortement lors de la découverte du texte... du moins jusqu'à la dernière phrase, pour autant que le lecteur reste attentif. Cette réception construit l'histoire de la destinée villageoise d'Angèle qui au sortir de l'enterrement de son mari se remémore sa vie passée. Il y a quarante ans, elle a rencontré Baptiste au bal, elle l'a épousé. Ils n'ont pas eu d'enfant et ont vécu une vie en apparence routinière, perturbée cependant par une infidélité de Baptiste avec Germaine. Cette rivale a eu un garçon aux yeux aussi bleus que ceux de Baptiste et son mari André est mort brutalement d'une maladie mystérieuse Puis Baptiste est tombé malade, d'un ulcère à l'estomac qui l'a entraîné jusqu'à la tombe. Angèle se retrouve seule et procède à des rangements dans sa maison…

L'autre lecture, qualifiée de « policière », ouvre une autre interprétation suite à une contradiction introduite par la dernière phrase : « Il y avait bien vingt ans qu'on n'avait pas vu un rat dans la maison. ». La phrase précédente affirmait qu'Angèle avait mis aux ordures « un paquet de mort-aux-rats aux trois quarts vide ». Le doute naît de ces détails pour le moins étranges qui clôturent le texte : Angèle, dont on a constaté précédemment la jalousie, devient fortement suspecte d'avoir empoisonné son mari en versant régulièrement du poison dans son café. La relecture accrédite cette version des faits, d'autant que le texte a paru dans une revue au titre non équivoque : que ferait un banal récit de vie quotidienne dans une revue de nouvelles policières *(Polar)* ? À partir du moment où le lecteur a perçu l'illogisme des deux dernières assertions du récit, il est autorisé à mener son enquête… textuelle. Il considère alors nombre de détails du texte sous un autre angle et assemble les indices qui en découlent, disposant d'un mobile du crime, d'une arme, de symptômes révélateurs d'un empoisonnement par la strychnine chez la victime. Angèle, en dépit de son prénom, devient diabolique comme Marie Besnard, l'empoisonneuse qui défraya la chronique judiciaire dans les années cinquante.

Les interprétations proposées contradictoirement par de nombreux lecteurs d'*Angèle* montrent que les deux grands types de réception sont défendables même si la majorité penche pour la seconde. Y. Reuter, de son côté, retient plusieurs raisons qui interdisent de souscrire exclusivement à la version policière : cela tient surtout aux non-dits, aux ambiguïtés, aux incertitudes. N'oublions cependant pas qu'il s'agit d'un texte, c'est-à-dire de mots assemblés et manipulés par un auteur qui semble se complaire dans la complexité et l'indétermination, la duplicité aussi si l'on envisage le choix du prénom d'Angèle comme un moyen de détourner les soupçons du lecteur.

La richesse des analyses contenues dans la revue *Pratiques* nous dispense de prolonger plus avant les perspectives en terme d'interprétation, aussi nous contenterons-nous de présenter une démarche de lecture de la nouvelle en situation de classe.

❑ Pistes pédagogiques

Nous suggérons une démarche imaginée pour construire du sens en situation collective.

On commence par la lecture individuelle du document (image et/ou texte) puis viennent ensuite le moment du *sens produit* et celui du *sens conservé* par le moyen de la verbalisation écrite ou enregistrée, individuelle ou en doublettes, par groupes un peu plus importants, selon les contraintes du moment. La prochaine étape est celle du *sens échangé* et du *débat*. L'expérience individuelle, ainsi, s'enrichit des points de vue des autres. Ce premier débat sur le sens, appelle une autre procédure sans laquelle on pourrait objecter que tout et n'importe quoi sont possibles. Cette nouvelle procédure, celle du *sens exploré* et *justifié* permet d'une part en remontant l'itinéraire d'élaboration du sens, d'assumer de manière plus rigoureuse le sens, de le justifier ; mais d'autre part elle place en situation de pouvoir *négocier le sens* dans la phase ultime. La négociation s'opère à deux niveaux, celui du message et celui du groupe. Le *sens négocié* débouche sur le *sens collectif*.

• Lecture individuelle

1 – Le sens construit

Le texte est distribué tel qu'il apparaît dans le classique BL, sans autre information et sans commentaire, intentionnellement : on donne pour consigne de le lire silencieusement. Cette lecture-découverte débouche sur des hypothèses de lecture individuelles.

2 – Le sens conservé

Au bout d'une dizaine de minutes, les élèves sont invités à rédiger un résumé rendant compte de l'histoire qu'ils ont lue, toujours individuellement. Ainsi conserve-t-on le sens… les sens, vaudrait-il mieux dire !

3 – Le sens échangé

Le résumé étant écrit, quelques volontaires lisent au groupe leur proposition d'interprétation de la nouvelle. On écoute successivement plusieurs récits, sans commentaires tant que toutes les lectures ne sont pas achevées.

L'expérience montre que les interprétations sont diverses, plus que ce qu'on aurait pu imaginer : chacun en prend conscience au cours des lectures orales, comme le laissent transparaître les réactions de surprise ici ou là. Au cours de l'échange des versions, le constat de divergence s'est imposé et c'est là-dessus que va se fonder le travail collectif à mener jusqu'à la fin de la séance.

- **Lecture collective**

4 et 5 – Le sens exploré et justifié ; le sens négocié

Les différences d'interprétation enregistrées sont de nature à déranger et à déstabiliser des convictions (parfois solidement ancrées) sur le sens que l'on peut donner à un texte écrit, surtout lorsqu'il s'agit d'un récit : ici, chronique paysanne ? récit réaliste ? nouvelle policière ?... Il faut exploiter avec méthode ce flottement tout en faisant réfléchir sur la façon dont on a construit le sens du texte.

Au cours de la phase d'exploration du sens, on va remonter aux indices avec lesquels l'interprétation de chacun s'est élaborée. Chaque version se fonde sur des indices propres, donne à certains aspects du texte une importance particulière, en occulte d'autres... La complexité du processus s'impose au fur et à mesure que chacun analyse et expose les fondements de sa construction, en même temps que des révisions s'opèrent : le doute naît parfois sur la pertinence de telle ou telle hypothèse, sur la relation d'un indice avec un autre, sur le référent auquel peut renvoyer un signe, des illuminations interviennent subitement dans l'esprit des uns ou des autres, des pistes s'ouvrent, qu'on n'avait pas imaginées. Le débat devient animé par moment et l'on s'engage naturellement dans la phase du sens négocié.

Il est temps alors de délivrer une information qui va faire progresser considérablement le débat sur la signification la plus recevable. Dans la mesure où l'échange s'est développé et où, surtout, chacun a eu le souci de justifier ses propositions, on peut révéler l'origine du texte : il a été tiré d'une revue intitulée *Polar*. Certains éléments et mises en relation deviennent dès lors plus clairs ! Parmi les hypothèses défendues jusqu'alors, celle de la nouvelle policière prend le dessus : oui, Angèle peut fort bien avoir empoisonné Baptiste ; et qui sait si Edmond Richard n'a pas connu un traitement identique ? Les dernières lignes deviennent capitales : les détails du paquet de mort-aux-rats aux trois-quarts vide et de l'absence de rat évoquée dans les deux dernières phrases ont été transformés en indices essentiels, notamment par la connaissance du paratexte !

À ce stade, une interprétation s'impose prioritairement et c'est vers elle que s'oriente le groupe à qui il a été demandé de construire un sens collectif. Cela ne dispense pas d'un travail de relecture enrichissant : retrouver a posteriori les indices disséminés dans le texte depuis la première ligne pour les mettre en relation avec l'interprétation dominante. On se livre à un sorte de lecture méthodique à rebours mais, par-delà la simple vérification de l'hypothèse criminelle, on constate que l'auteur a employé une stratégie narrative subtile et efficace : on peut maintenant s'intéresser aux choix d'écriture, au travail sur la langue, à l'organisation du récit, à l'adoption d'un point de vue … et l'on se dit que tout cela est bien « fabriqué ».

6 – Le sens collectif

Le stade ultime est atteint par la détermination d'un sens sur lequel on s'accorde parce qu'il n'est plus contesté et qu'il a été suffisamment justifié. Le sens collectif (ou sens social, ou sens contrat) résulte du jeu créatif des récepteurs qui se sont enrichis mutuellement : il rassure le groupe parce que l'activité menée par la plus grand nombre a débouché sur un résultat tangible et il éduque chacun parce que les étapes atteintes et dépassées successivement l'ont été avec méthode et conscience. Certes, il a fallu du temps et le sens obtenu est peut-être moins riche que celui que le maître détenait, sans le divulguer, dès le départ ; mais qu'importe puisque l'objectif méthodologique a été atteint. Il est possible, maintenant, d'ajouter une autre activité qu'on peut appeler « le sens confronté ».

• Confrontations

Une phase supplémentaire qu'on peut appeler du « sens confronté » permet un enrichissement de l'interprétation par l'apport de construction(s) de sens extérieure(s) à celles issues de la démarche suivire en classe avec les élèves :

– discours du professeur qui développe d'autres hypothèses, les siennes propres, celles de l'institution, de la tradition : par exemple, pour Angèle, les directions envisagées par Y. Reuter et par J. M. Privat viennent concurrencer de manière intéressante la simple lecture policière ;

– renvoi aux discours critiques marqués par l'époque, l'idéologie, ou le point de vue du spécialiste de telle science humaine.

Cet élargissement nous paraît important car il compense les lacunes d'une réception par des « profanes », constitue une nouvelle occasion de lecture(s), renforce la notion de relativité du sens, oriente vers de nouvelles problématiques et relance parfois l'intérêt : on y recourra chaque fois que possible en variant les formes.

Les relectures selon des perspectives différentes, telles que celles qualifiées de « psychologico-réaliste » ou d'« ethnocritique » pour Angèle, ont pour intérêt de sensibiliser aussi à la notion de projet de lecture qui complète nécessairement les notions appelées par les opérations mentales de la lecture et par les compétences de la réception. En effet, si le projet ne vient pas orienter et finaliser dans la plupart des cas la lecture ou les relectures, le récepteur risque de se limiter à une simple compréhension littérale et de ne pouvoir accéder au niveau de l'interprétation.

Pour les nouvelles sélectionnées dans notre parcours, il est difficile de disposer immédiatement d'un projet précis. En effet, dans un premier temps, la découverte successive de ces textes de type narratif est motivée par la curiosité (« Étonnez-moi ! ») ou la recherche du plaisir (« Si Peau d'Âne m'était conté... »). Dans un deuxième temps seulement, des projets mieux définis peuvent être proposés... pour autant que l'on désire revenir sur les textes afin de construire de nouvelles significations, de percevoir le fonctionnement du texte, d'analyser la stratégie narrative adoptée par l'auteur.

Prolongements

- ***En vous inspirant d'un fait divers criminel relevé dans la presse, jouez à « un texte peut en cacher un autre ». Vous emprunterez au fait divers la chute à teneur policière et vous construirez en amont un récit dans un registre tout à fait différent.***

IV. « ICEBERG » de FRED KASSAK

Et si l'on disait au lecteur que Fred Kassak s'appelle en réalité Pierre Humblot, cela ne le ferait-il pas déjà réfléchir ? Surtout s'il constate que, comme tout mot dit « palindrome », Kassak peut se lire indifféremment dans les deux sens. Il y a de la mystification dans l'air !

❑ Éléments pour une interprétation

Nous avons pu vérifier à plusieurs reprises la redoutable efficacité de cette nouvelle : tous les lecteurs, y compris les plus compétents, tombent dans le piège tendu par l'auteur. Certes, beaucoup sont perturbés par quelques-unes des anomalies du texte, mais de là à imaginer que Georges est un innocent bébé...

Une des raisons de la réussite du stratagème monté par Fred Kassak tient à la prégnance du *stéréotype* dans le processus de la lecture.

Repères

STÉRÉOTYPE, TOPOS ET LECTURE

Jean-Louis Dufays a analysé de manière approfondie le rôle prépondérant du stéréotype dans la lecture littéraire (voir *Stéréotype et lecture,* Mardaga, 1994).

D'une manière générale, le stéréotype n'a pas bonne réputation. Le Petit Robert le définit ainsi : « Opinion toute faite, cliché », le cliché lui-même désignant une « idée ou expression trop souvent utilisée » et renvoyant à « banalité, lieu commun, poncif, redite ». On pourrait ajouter idée-bateau, pont-aux-ânes, trivialité, évidence, platitude, truisme, sentiers battus, fadaises, phrase (ou idée) toute faite. D'ordinaire, celui qui s'exprime en employant abondamment des stéréotypes ne bénéficie pas d'un préjugé favorable au plan intellectuel. Des auteurs comme G. Flaubert dans *Dictionnaire des idées reçues* ou P. Daninos dans *Le Jacassin* ont inventorié avec ironie quelques-uns de ces propos tout faits qui masquent mal une pauvreté de la pensée lorsqu'ils sont employés au premier degré par l'énonciateur.

Il ne faudrait pas rester sur cette seule impression défavorable, notamment quand on réfléchit au processus de l'acte de lire. Dans son ouvrage, Jean-Louis Dufays démontre en effet l'absolue nécessité de se fonder sur les stéréotypes si l'on veut construire du sens : lire consiste dans tous les cas à manipuler le fond commun des idées reçues !

Le stéréotype affecte tous les niveaux du discours, thématiques comme formels, dans tous les domaines de l'expression comme de la pensée. Il est ambivalent : fondamentalement nécessaire car il est à la base du processus de construction du sens grâce aux reconnaissances qu'il permet, il peut se voir mis à distance par l'énonciateur et ainsi contribuer à la création de sens riches et originaux par un lecteur critique.

Plus précisément, Dufays distingue les *stéréotypes du premier degré* et les *stéréotypes du second degré.*

À la première catégorie, il associe six fonctions :

« a. comme ils sont aisément reconnaissables, ils donnent une impression de clarté, d'univocité, et accélèrent ainsi le rythme de la lecture ;

b. comme ce sont aussi des signaux génériques, ils orientent l'attention du lecteur vers des horizons de sens familiers ;

c. ils favorisent la production de l'illusion référentielle, contribuent à l'effet de vraisemblance et de réalisme, libèrent des significations conformes à la conception que le lecteur se fait du réel ;

d. ils stimulent l'identification du lecteur aux personnages en lui proposant des situations qu'il reconnaît comme conformes à son expérience ou à ses fantasmes ;

e. comme les lieux communs de la rhétorique ancienne, ils confèrent au discours qui les emploie une certaine force argumentative. »

S'ajoute, pour les clichés littéraires une fonction ornementale : « le caractère littérairement marqué de ces expressions concourt à donner au discours un cachet esthétique. »

À la seconde catégorie qui concerne le stéréotype utilisé non comme un signe ordinaire mais comme une référence consciente, une sorte de clin d'œil, sont attachées trois fonctions :

« 1. Il déclenche des opérations transtextuelles. [...] il appelle en effet le lecteur à se remémorer les contextes dont il est issu et à comparer son actualisation présente à celles dont il se souvient [...]

2. Il établit une complicité avec le lecteur. Montrer du doigt un stéréotype revient en effet à inviter celui qui lit à communier à une même prise de distance à l'égard des discours convenus.

3. Il stimule la réflexion critique. En dénonçant un stéréotype, l'auteur invite le lecteur à s'interroger sur la valeur des expressions et des opinions rebattues [...] »

Topos

La littérature possède ses lieux communs que l'on nomme alors, sans nuance péjorative, des topoi. On se reportera à la définition qu'en donnent Ducrot et Todorov dans le *Dictionnaire encyclopédique des sciences du langage* :

« Lorsque le motif revient souvent au cours d'une œuvre, et y assume un rôle précis, on parlera par analogie avec la musique de **leitmotiv** (par ex. la petite phrase de Vinteuil dans la *Recherche du temps perdu*). Si plusieurs motifs forment une configuration stable, qui revient souvent dans la littérature sans être forcément importante à l'intérieur d'un texte, on la désigne comme un **topos** [...]. Certains topoi caractérisent toute la littérature occidentale, comme l'a montré E. R. Curtius (le monde renversé, l'enfant vieillard, etc.), d'autres sont propres à un courant littéraire ».

Ces topoi apparaissent comme des réservoirs d'images-thèmes, des conventions attachées le plus souvent aux genres et aux courants : scène de première vue ou mort de l'héroïne dans le roman, maître dupé ou battu par son valet au théâtre, solitude du poète dans la poésie romantique...

Fred Kassak a manifestement adopté une stratégie efficace en spéculant sur quelques stéréotypes bien choisis. Deux d'entre eux sont l'objet de manipulations qui nous paraissent intéressantes à relever et à analyser.

Un des plus perverses consiste à attribuer le prénom de Georges à un bébé. En constatant à quel point le choix d'un prénom pour un nouveau-né suscite de discussions, on mesure combien chacun de nous est, sur ce chapitre, fortement influencé par les codes socio-culturels en vigueur dans la société, c'est-à-dire par les stéréotypes ; dans notre pays et à notre époque, Georges ne peut désigner qu'un adulte appartenant à une génération antérieure ! Dans le récit, l'ensemble des détails accumulés autour de la personne ainsi identifiée assure au piège son maximum d'efficacité. En effet, une série de clins d'œil tournent autour d'un autre stéréotype, plus littéraire que sociologique celui-là : les relations amoureuses triangulaires abondent dans le théâtre de boulevard comme dans l'intrigue policière. Les dramaturges, les créateurs de fiction romanesque ou cinématographique tirent notamment des effets multiples de la rivalité opposant deux hommes qui convoitent la même femme.

Dans « Iceberg », très vite, le lecteur tombe dans le panneau et ne se pose plus la question de savoir qui est ce fameux Georges si présent dans la vie d'Irène... d'autant que le prénom un peu suranné de cette dernière confirme lui aussi l'appartenance des héros à une génération d'adultes. Tous les autres éléments du texte s'articulent autour de deux identifications erronées : celle de l'âge d'un personnage et, corrélativement, celle d'un type de situation.

❑ Pistes pédagogiques

• Lecture-découverte

Elle s'impose d'emblée, avec le maximum de discrétion de la part du professeur : le texte est distribué sous la forme d'une photocopie neutralisant la présentation bien connue (jaquette de la collection « Le masque » chez Gallimard) ; il est donné à lire sans commentaires ni indications.

Deux options sont toutefois possibles :
– le texte est donné dans son intégralité,
– il est amputé de ses dernières lignes, la coupure intervenant plus ou moins loin de la fin (nous proposons d'arrêter après : « Ça ferait bien l'affaire des journaux à sensation... ») ; les élèves sont alors invités à écrire en une quinzaine de lignes la fin qu'ils imaginent ; les solutions inventées sont échangées ; enfin, le dénouement prévu par l'auteur est révélé, au grand étonnement de tous.

Quelle que soit la solution adoptée, quand on a lu l'intégralité de la nouvelle, on comprend mieux l'intérêt de son utilisation en classe. La chute intervenue quelques lignes avant la fin (« Un jeune homme tente de supprimer un bébé... ») a créé un effet de surprise qui donne envie de comprendre comment l'auteur a mené son récit et surtout...

comment le lecteur s'est laissé abuser. On n'a dès lors pas de grandes difficultés à engager les élèves dans une relecture et une recherche organisée.

• Relecture et étude sélective du texte

Le retour sur le texte a pour but déclaré de comprendre par quels moyens l'auteur entraîne le lecteur sur de fausses pistes. L'intention non révélée aux élèves est de faire réfléchir sur le processus même de la lecture.

Le texte, relativement long, est saturé d'éléments ambigus, aussi doit-on prévenir les risques d'une recherche désordonnée productrice de matériaux trop hétéroclites : il est prudent de déterminer avec la classe une démarche d'étude en sériant les diverses catégories de détails transformés en indices par le lecteur.

Les indices peuvent être recherchés dans quatre grands domaines en suivant un ordre de difficultés croissantes :
– les ambiguïtés lexicales,
– les marques de l'énonciation,
– l'organisation du récit et la stratégie narrative,
– les tonalités de la narration.

(D'inévitables et intéressantes interférences existent entre les quatre domaines.)

Selon le niveau de la classe, on gradue la difficulté, en se restreignant par exemple au domaine lexical si les élèves sont jeunes ou faibles. Conformément aux objectifs visés, l'important n'est pas de traiter tous les aspects de la stratégie de brouillage de l'auteur mais bien de faire saisir les notions énumérées plus haut et concernant l'acte de lire.

Nous privilégierons d'abord à dessein la recherche des **ambiguïtés lexicales.**

Vu la multitude de détails qui visent à engager le lecteur sur une fausse piste, on n'en examine qu'un certain nombre.

On s'intéresse au titre, « Iceberg », qui oriente vers l'idée de froideur, peut-être celle d'Irène, insensible aux attentions et aux avances de Bernard ; en fait le mot désigne, comme on l'apprend plus loin, le narrateur et sa stratégie de dissimulation à l'égard d'Irène, ce qui ne lève pas toutes les ambiguïtés malgré tout ; au second degré aussi, la nouvelle elle-même est une sorte d'iceberg puisque, pour une très grande part, elle masque l'essentiel…

On démonte aussi le piège central concernant le personnage de Georges, et pour cela on commence par faire l'inventaire des termes désignant celui qui de toute évidence empêche Irène de répondre aux avances de Bernard…

– On relève le prénom « Georges ». Georges est un prénom passé de mode qu'on imagine assez mal pour un bébé d'aujourd'hui, ce qui oriente insidieusement le lecteur vers l'idée qu'il s'agit d'un adulte ; il apparaît vingt-cinq fois et cette insistance accentue l'impact sur le lecteur.

– On inventorie les pronoms qui entrent dans la chaîne référentielle du personnage. On relève les pronoms personnels, « il », « l' », « le », « lui », et on remarque qu'ils désignent de manière neutre, un pronom indéfini, « l'autre », qui introduit une nuance péjorative, un pronom démonstratif, « celui », associé à une subordonnée relative.

– On note la présence d'expressions telles que :

. groupe nominal de la sommaire description : « une espèce d'avorton à moitié chauve »,

. termes génériques vagues : « un être » (hyperonyme pouvant convenir aussi bien à un adulte qu'à un bébé), « son contenu » ;

. termes affectifs à usage large : « mon chéri », « mon ange », « mon trésor », « mon tout-petit » (à noter que de « mon chéri » à « mon tout-petit », les mots doux sont de moins en moins ambigus pour s'adresser à un bébé).

L'abondance des termes qui renvoient à Georges ne laisse aucun doute sur la manipulation des détails / indices par l'auteur : tout est prévu pour accréditer chez le lecteur l'hypothèse du rival adulte avec qui Irène est engagée pour d'obscures raisons, l'amour étant la plus probable.

Quelques lignes avant la fin, la révélation que Georges est en fait « un bébé de trois mois » n'en produit un effet que plus étonnant ! Le système de compréhension échafaudé par le lecteur est mis en échec… mais il faut dire que l'auteur a tout fait pour cela.

En effet, la désignation du couple que Georges constitue avec Irène renforce l'efficacité du piège : « tous les deux », « eux deux », « leur tête-à-tête » (deux fois), « les voilà ensemble, complices » mais les tête-à-tête ont été colorés (croit-on) amoureusement par : « le bruit des baisers à l'intérieur » et « Irène se lève vivement du lit en reboutonnant son corsage. Elle est devenue très rouge. ».

De même, on peut associer aux procédés de brouillage des termes ambigus comme « la voiture », autre hyperonyme (comparer à automobile et landau…) : le lecteur imaginant Georges adulte, la voiture est devenue une automobile dans son esprit, ce qui rend troublant malgré tout « Irène, toute seule, a réussi à stopper la voiture. » et étonnant « d'un coup sec du pied, je débloque la pédale du frein. ».

Comme on le constate seulement à la relecture, le texte est saturé de détails à double sens comme « souffrir » (pour la douleur de l'enfantement ou un chagrin d'amour, consécutif à une infidélité par exemple...) dans « Bien sûr, il l'avait fait souffrir, mais tel qu'il était, elle l'aimait. ».

Des détails qui à première lecture paraissaient secondaires comme « Seuls les enfants m'agacent. » (un des traits de caractère de Bernard) deviennent par la suite des indices importants dans un autre réseau d'hypothèses : il s'agit de supprimer un bébé !

Nos relevés ne sont pas exhaustifs mais faisons confiance aux élèves pour multiplier les observations dans un texte qui s'y prête autant. Il ne manque pas d'occasions de repérer des détails et d'analyser dans quelles conditions ils deviennent des indices pour infirmer ou valider des hypothèses…

La réflexion sur anticipation, indices, hypothèses et validation s'étoffe tout au long de la recherche. Elle permet notamment de bien comprendre comment un détail sans intérêt apparent dans une logique de lecture devient un indice révélateur dans une autre : les exemples cités (« souffrir », « les enfants m'agacent ») le montrent avec clarté.

• Intermède théorique et méthodologique

1. Cette première approche du texte permet de revenir sur les *processus de construction du sens* en soulignant leurs aspects techniques.

Dans son premier parcours du texte et dès le début, le lecteur est incité à anticiper selon une logique qui fait de Georges un adulte, rival du narrateur Bernard ; à partir de ces prémices (ou prémisses), il avance en traitant inconsciemment nombre de détails comme des indices compatibles avec cette hypothèse centrale ; aucun des détails ambigus introduits à dessein par l'auteur n'est en mesure de mettre en échec la cohérence de cette construction : les hypothèses sont validées, même si quelques éléments dérangent confusément vers la fin ; la révélation que Georges est un bébé apparaît comme le détail-indice destructeur de tout le système construit par le lecteur : l'hypothèse centrale est invalidée au profit d'une autre qui modifie sensiblement l'interprétation.

Une relecture selon la nouvelle logique de Georges-bébé bouleverse la plupart des indices : certains détails insignifiants ou énigmatiques se remplissent d'une signification (ex. : « le soleil d'automne, à Bouville, n'a jamais tué personne… »), d'autres changent de sens (ex. : « Georges fait sa sieste », « il l'avait fait souffrir »), d'autres désignent – dans l'esprit du lecteur – des objets différents (ex. : la voiture ne signifie plus automobile mais landau).

Les élèves, parce qu'ils font eux-mêmes les observations, acquièrent une conscience de ce qui se passe dans l'esprit d'un lecteur en action et accèdent ainsi à la connaissance concrète des notions de base. Le rôle du professeur consiste à éviter l'éparpillement des recherches, à ordonner la progression, à activer l'émergence des notions clés et à les définir nettement au terme de la démarche.

2. Dans le même esprit et en obéissant à une logique identique, on dispose désormais d'un bon référent pour analyser les compétences de la réception.

a) La compétence *linguistique* est évidente puisque la lecture d'« Iceberg » exige une connaissance minimale du code de la langue française. Cependant on peut la souligner en remarquant quelques phénomènes lexicaux :

. les subtilités dans l'emploi du mot « ami » : « vous êtes un ami délicieux, mon petit Bernard... », « Je suis gentil, délicieux et charmant. Un ami. », « ... et elle n'est pas mon amie. », « à un ami tel que moi... », « l'ami de la famille »,

. les jeux déjà notés sur hyperonymie et hyponymie.

b) La compétence *encyclopédique* est exploitée avec habileté par l'auteur. En effet, il joue sur les savoirs culturels ou sociaux du lecteur pour l'amener à créer des indices trompeurs :

. les connotations du prénom Georges,

. le traditionnel triangle constitué par un couple et un troisième individu amoureux d'un des membres du couple : situation exploitée en abondance au théâtre et dans la littérature policière... tant et si bien que le lecteur raisonne très vite en se référant à ce cas de figure bien connu,

. les confidences d'un narrateur qui détaille des projets homicides sont un autre topos du roman noir.

D'une manière générale, tous les indices, des plus simples aux plus subtils, n'existent qu'à partir des savoirs personnels du lecteur emmagasinés dans le réservoir de sa compétence encyclopédique.

c) La compétence *logique* est si clairement mise à contribution qu'il suffit de reconstituer quelques-unes des chaînes de raisonnement pour la souligner.

Par exemple, on peut étudier la psychologie tortueuse de Bernard en relevant les multiples relations logiques qui la construisent.

1. Cela commence par une énigme : qui est-il ? Lui-même utilise la métaphore de l'iceberg pour déclarer une volonté de dissimulation de sa vraie personnalité aux yeux d'Irène. Quel est le but de cette stratégie ? En apparence, cela pourrait avoir pour explication de désirer paraître convenable et attaché à des principes, mais on peut se demander si cela ne correspond pas à sa nature profonde ou, plus ponctuellement, à des projets tortueux. Les lunettes fumées apparaissent comme un moyen de cacher ce qu'il est. Ce faisant, comme tous les êtres sournois et calculateurs, il n'attire pas forcément la sympathie, en tous cas, il intrigue le lecteur.

2. Puis viennent des révélations sur sa vraie nature et ses motivations.

Son projet se précise : « Je voudrais l'avoir avec moi le reste de ma vie » et il avoue un trait de sa personnalité : « Je suis d'une nature assez sensible », en relation avec un comportement de compassion (« poursuivi par l'image de cette détresse solitaire, je revins sur mes pas… ») et des aveux sympathiques (« je savais ce qu'est la solitude et je voulais faire un geste pour lui témoigner un peu de chaleur humaine »)

Les éléments reliés amèneraient logiquement le lecteur à prendre parti pour le narrateur et à souhaiter que se réalise son projet de conquête de la femme convoitée.

3. Ces conclusions contradictoires vont rapidement être combattues par de nouveaux indices qui introduisent une logique concurrente : Bernard est un personnage certes attachant mais, aussi, inquiétant à partir du moment où le thème initial de la dissimulation s'associe à celui de l'introversion.

« Mais, pour un timide, il est difficile de faire preuve de chaleur humaine ? Or, je suis d'une nature très timide. On pourrait même dire renfermée (et d'ailleurs on l'a dit). Je ne sais pas extérioriser, je ne sais pas communiquer, je ne sais pas lier. Je restais là à la regarder sans me décider.

D'autant plus qu'il y avait tous ces passants qui n'arrêtaient pas de passer comme s'ils l'avaient fait exprès et qui la regardaient. Si je l'abordais, ils me regarderaient aussi, et en règle générale, je n'aime pas qu'on me regarde : on commence par vous regarder, puis on vous examine et on finit par vous juger. Pas de ça avec moi. »

On en vient à la timidité, aux difficultés de communication, certes... mais aussi aux tendances paranoïaques (« je n'aime pas... on finit par vous juger ») et une brutalité finale de nature à faire réfléchir : « Pas de ça avec moi. ».

Ce sont là les premiers éléments d'une chaîne qui se complexifie : à chacun de la dérouler jusqu'au bout du texte pour une mise en évidence de relations multiples entre les indices pertinents !

La manière de mettre au jour le rôle de la compétence logique reste bien superficielle car les connexions profondes sont d'une telle richesse et de natures tellement variées qu'elles découragent l'analyse.

Remarquons plus généralement que les relations s'établissent :

– à un niveau élémentaire, entre des détails du texte et la connaissance des objets du monde extérieurs au texte : par exemple, le lecteur doit savoir ce qui caractérise le gros bloc de glace à la dérive nommé « iceberg » pour saisir les comparaisons faites dans le texte (connaissances linguistique et encyclopédique fusionnent grâce à la compétence logique),

– à l'intérieur du texte, entre les indices pour constituer des hypothèses, selon des rapports hiérarchisés et reprenant toutes les nuances de l'opposition, de la similitude, de la comparaison, de l'équivalence, du but, de la cause, de la conséquence, de l'illustration, de l'inclusion, de la concession...

– au niveau intertextuel, avec d'autres œuvres de la littérature policière ou de la production cinématographique (ressemblances et différences surtout) : des échos ne peuvent manquer d'exister avec des intrigues conventionnelles de romans policiers pour engager le lecteur dans une logique criminelle. Dans un domaine plus littéraire, des romanciers ont exploité à des fins humoristiques le procédé de l'ambiguïté comme William Boyd dans *Brazzaville-Plage* (Clovis n'est pas un humain comme on le croit l'espace de quatre pages, mais un chimpanzé)…

d) Pour ce qui est de la compétence *pragmatique*, dans le cas général, elle désigne le respect par le récepteur « de lois et de principes qui sont le lien social de la parole et constituent un véritable code déontologique du bon usage de la parole ».

Dans le cas d'« Iceberg », elle s'exerce par la reconnaissance des formes et le respect du fonctionnement de la communication littéraire particulière qu'est la nouvelle. L'expérience des lectures antérieures d'œuvres de la même nature a créé des habitudes et développé des savoir-faire empiriques qui contribuent à une compétence pragmatique adaptée au texte de Kassak. On a déjà relevé la soumission de l'auteur à des topoi de la nouvelle policière : cela dote le lecteur d'attentes et de repères... mais on a vu aussi comment la compétence pragmatique est habilement exploitée dans le sens de la manipulation des stéréotypes pour conduire le lecteur sur de fausses pistes.

• Approfondissement de l'interprétation

Les analyses ont porté jusqu'à présent sur des faits lexicaux, les plus accessibles aux élèves, mais en rester là accréditerait l'idée que les interprétations se construisent avec ce seul matériau. Il faut donc enrichir la palette des types d'indices exploitables. D'ailleurs, l'auteur ne se prive pas de jouer sur d'autres détails, moins évidents, pour arriver à ses fins.

– L'énonciation

Il n'est pas utile d'analyser en profondeur l'énonciation narrative bien que rien n'empêche de tester au passage les connaissances des élèves sur le sujet : connaissent-ils la différence entre auteur et narrateur ? savent-ils répondre aux questions « qui voit ? » ou « qui parle ? » ? Quel que soit leur degré de maîtrise de ces notions, l'occasion se présente de poser des jalons, de sensibiliser à des questions que l'on traitera en profondeur lors de la lecture d'une œuvre intégrale romanesque.

Observons quelques phénomènes relatifs à l'énonciation, en partant de l'idée maintenant acquise que l'auteur a adopté consciemment une stratégie de brouillage :

. Bernard narrateur-personnage, s'exprime à la première personne et polarise l'attention sur lui : sa complexité psychologique ses sentiments amoureux, ses stratégies de conquête et ses projets criminels viennent ainsi au premier plan, accréditant indirectement la thèse d'une rivalité amoureuse ;

. de manière plus précise, la seule fois où il semble explicitement dit que Georges est un homme (« Et c'est elle-même qui m'a parlé de Georges. Évidemment j'aurais dû me douter que je n'étais pas le premier homme qu'elle rencontrait… »), c'est indirectement à travers les propos de Bernard : d'où l'intérêt d'avoir choisi un narrateur-personnage et la focalisation interne. Les deux phrases citées offrent un exemple d'ambiguïté rendue possible par l'énonciation : « je n'étais pas le premier homme qu'elle rencontrait » fait croire en première lecture naïve que ce premier homme est un rival adulte, alors qu'en relecture avertie il devient le géniteur (non désigné dans la nouvelle) du bébé nommé Georges.

– La construction narrative

Elle joue un rôle non négligeable par le brouillage des repères spatiaux et temporels : sept séquences narratives alternent en nous situant dans deux temps distincts.

– D'une part, le soir de printemps de la rencontre (séquence n° 2) et les mois qui l'ont suivie (4 et 6), d'autre part, le week-end d'automne (1 - 3 - 5 - 7) où Bernard tente de supprimer Georges.

– Deux lieux distincts : Paris (2 - 4 - 6) et Bouville (1 - 3 - 5 - 7).

Les allées et venues dans le temps et l'espace entraînent un risque permanent de confusion contre laquelle le lecteur mobilise une partie de son attention, ce qui le détourne de la perception de détails plus en relation avec l'identité exacte de Georges.

– L'humour

Le ton adopté par le narrateur oscille entre plusieurs registres : la sincérité, la familiarité, l'humour noir, le cynisme. Ce sont autant de masques pour celui qui se veut « un iceberg : un cinquième visible et le reste immergé.». Avec ses facettes incertaines et mouvantes, le personnage intrigue ; de sympathique au début, il devient de plus en plus inquiétant. Rétrospectivement, à la relecture, son cynisme teinté d'humour noir s'impose et des remarques comme « Seuls les enfants m'agacent. » ou « peu m'importe, je ne suis pas sadique. » acquièrent une résonance sinistre quand on sait que son projet consiste à supprimer un petit être sans défense et qu'il affirme froidement son intention de récidiver après sa tentative manquée...

Mais tout n'est qu'effet de texte, jeu de cache-cache entre un auteur rusé de nouvelle policière et un lecteur acceptant de s'en laisser conter : ainsi l'intérêt que l'auteur fait naître pour le personnage chez le lecteur intrigué relève-t-il encore d'une stratégie de camouflage.

• Du côté de la production

On est en droit de compléter la liste des savoirs par une réflexion sur le phénomène de la production littéraire. En effet, le texte se prête fort bien à la démonstration de ce que sont un projet d'écriture et une stratégie narrative.

La lecture-découverte achevée, on en est venu à considérer le texte de la nouvelle comme une machine à construire un univers à l'aide de mots. Bernard, Irène et Georges sont des « êtres de papier » ; leur existence ne dépasse pas les limites des quelques pages dont la cohérence dépend de la volonté (et du talent !) de l'auteur soucieux de distraire son lecteur. Dans ces conditions, l'auteur réalise un projet d'écriture en rapport avec les règles de cette communication littéraire particulière qu'est la nouvelle policière. Il adopte une stratégie tout entière commandée par la recherche d'un effet de surprise maximal, à placer dans les dernières lignes. Un texte comme « Iceberg » doit aider à démonter l'illusion référentielle (ou réaliste) à laquelle se laisse prendre les lecteurs non avertis ; les faits racontés ne relèvent pas du compte rendu réaliste, ne visent pas une édification du lecteur, n'analysent pas un cas pathologique, ils n'ont aucune valeur en dehors de l'exercice de style tenté (avec succès) par un auteur spécialiste de la mystification narrative et de la manipulation des lecteurs ! L'illusion référentielle a certes un rôle à jouer lors de la première lecture mais il faut la dénoncer dans un second temps pour permettre au lecteur de pénétrer les secrets de la communication littéraire et mieux comprendre les processus de production des textes.

Prolongements

L'étude d'« Iceberg » a permis le démontage d'une stratégie d'écriture : organisation de la narration en vue d'une chute saisissante, traitement du temps, de l'espace et des personnages, choix d'un point de vue narratif...

- ***Sur le modèle de la nouvelle de Kassak, écrivez un récit en maintenant l'ambiguïté sur un ou plusieurs personnages jusqu'à une révélation finale.***

V. « PAUVRE PETIT GARÇON ! » de DINO BUZZATI

Un point d'exclamation dans un titre, cela n'est guère courant... si peu que le lecteur, alerté par cette sorte d'anomalie, s'interroge. Il se demande s'il y a là une marque d'ironie ou si, au contraire, il ne s'agit pas d'un signe de ponctuation à valeur affective, qui manifesterait l'apitoiement par exemple. Le lecteur qui connaît l'auteur penchera plutôt vers la première hypothèse mais qui sait ce que ce diable de Buzzati, aussi tendre que sarcastique, lui réserve ?

❑ Éléments pour une interprétation

• « ... au revoir, madame Hitler ! »

Et de cinq nouvelles ! Si l'on en croit le proverbe disant que « chat échaudé craint l'eau froide », tout lecteur un peu sensé a sûrement subodoré un piège à partir du deuxième ou troisième texte du groupe 1... plutôt sous forme d'une chute difficile à anticiper. Quelle que soit la légitime méfiance du lecteur, la rencontre finale avec Hitler en la personne du « pauvre petit garçon » produit un effet des plus surprenants : identifier le trop célèbre dictateur allemand à partir d'un diminutif comme Dolfi, même si celui-ci désigne un petit garçon « avec une petite mèche qui lui tombait sur le front en virgule », n'a rien d'aisé... à moins que l'on ne dispose de solides connaissances en histoire du XXème siècle. Il fallait un auteur aussi inventif que Dino Buzzati pour imaginer un récit fondé sur un tel coup de théâtre.

À partir du moment où l'on a lu l'intégralité du texte, il est intéressant de mesurer les sens nouveaux apportés par la chute. Le récit « premier » est d'un réalisme psychologique assez banal qui nous cantonne dans l'anecdote, alors que la connaissance de l'identité future de Dolfi ouvre de nouvelles perspectives interprétatives. En effet, par-delà le jeu de pure fiction, par-delà la gratuité apparente d'un texte écrit pour étonner et amuser, le lecteur est en droit de développer des réflexions diverses sur la nature humaine, le déterminisme, le hasard et l'Histoire…

Sans oublier que cet épisode de l'enfance d'Hitler est tout droit sorti de l'imagination de Buzzati, formulons quelques-unes des questions qui pourraient se poser :

– dans quelles mesures les humiliations vécues dans l'enfance conditionnent-elles l'adulte ?

– quelles sont la part de l'amour maternel et celle de l'éducation dans la formation de la personnalité d'un individu ?

– peut-on légitimement chercher dans le passé des « grands » hommes les clés de leur personnalité ? toute destinée est-elle explicable a posteriori ?

– le déroulement de l'Histoire relèverait-il du seul hasard ? etc.

• Projets de (re)lecture

Une relecture plus érudite menée par un récepteur qui dispose de connaissances sur Hitler rend saillants d'autres détails du texte. Elle se fonde sur le postulat que Buzzati lui-même était en possession de savoirs historiques précis sur le personnage et sur la période de l'histoire allemande qui lui correspond.

Repères

HITLER Adolf (1889-1945) est né de Aloïs et Klara Hitler à Braunau am Inn, petite ville autrichienne à la frontière allemande. Ce fait lui apparaîtra chargé d'un symbole : réunir l'Autriche à sa mère patrie, l'Allemagne. Son père, chef douanier, meurt en 1903. Hitler se rend à Vienne en 1907 pour se présenter au concours d'entrée de l'École des Beaux-Arts, section peinture. Il échoue deux fois. Seul et déraciné, il mène jusqu'en 1913 une vie de misère qui sera capitale dans sa formation. Dans cette capitale de l'Autriche-Hongrie, où se côtoient de nombreux non-allemands, tchèques, polonais, serbes, « répugnant conglomérat » de races et de nationalités, pire encore des juifs « éternels dissolvants de l'humanité », il conforte ses thèses pangermanistes et antisémites. Il est aussi au contact avec des ouvriers sociaux-démocrates, détracteurs de la patrie au nom de la lutte des classes, et il prend en horreur le marxisme. Enfin, après la nocivité du judaïsme et du marxisme, il perçoit celle du parlementarisme : au Reichstat, les députés ne parlent pas tous allemand. Pour lui, la règle majoritaire de la démocratie est en soi vicieuse. En 1913, il se rend à Munich, ville bien allemande et y passe le temps le plus heureux de ses années de jeunesse. Dans sa biographie, cette période a été arrangée, maquillée, et la réalité montre qu'il n'était pas aussi miséreux qu'il a voulu le faire croire. Il dessinait, peignait, vendait ses dessins, il lui est arrivé de travailler passagèrement comme ouvrier du bâtiment.

Réformé par les autorités autrichiennes comme « trop faible, inapte », il s'engage en 1914 dans l'armée bavaroise et la guerre est pour lui l'occasion de faire ses preuves. Il se bat avec bravoure, ce qui lui vaut une décoration importante, la croix de fer de première classe. Blessé et gravement gazé en 1918, il est atterré par la défaite. Il reste dans l'armée jusqu'en 1920 comme officier d'information chargé de dépister les communistes et il entre en contact avec un petit groupe d'extrême-droite, le parti ouvrier allemand, qu'il réorganise et dont il devient le führer en 1921. Il se révèle comme un orateur envoûtant et un habile tacticien de la propagande et de l'utilisation politique de la violence. S'inspirant de la marche sur Rome, il tente de renverser le gouvernement de Munich, échoue, est condamné à cinq ans de forteresse (il n'accomplit que treize mois), temps qu'il met à profit pour dicter le début de l'ouvrage qui contient sa doctrine : *Mein Kampf.* Il se donne pour objectif la conquête légale du pouvoir. Son parti végète aux élections jusqu'en 1930, où il tire parti de la situation de crise dans laquelle est plongée l'Allemagne. Il attire les millions de chômeurs et de petits bourgeois ruinés mais aussi les industriels qui comptent sur lui pour barrer la route au communisme. Il devient alors un homme politique de premier plan, se présente aux présidentielles de 1932 où il mène une campagne effrénée et obtient 36 % des voix. Il est nommé chancelier en 1933 avec le soutien des conservateurs qui croyaient pouvoir le manipuler. En quelques mois il met en place une dictature absolue.

Hitler fut sans doute le plus grand démagogue de l'histoire. Il s'adressait non au cerveau mais aux sentiments et pensait que plus la masse des gens à atteindre était grande plus le niveau de propagande devait être bas. Pour mettre en application ces règles de viol des foules, il était servi par des talents exceptionnels d'orateur. Cette attraction magnétique qu'il exerçait, il la devait avant tout à sa voix au timbre un peu rauque qui s'accompagnait aux moments propices de mimiques de possédé. Son regard tantôt fuyant tantôt étrangement fixe était capable de fasciner comme d'effrayer. Tous ces éléments composaient son charisme, traits qui contrastent avec la vulgarité et la médiocrité du personnage.

Si l'on rentre dans cette nouvelle perspective, deux types de recherches complémentaires sont possibles :

– l'une, plutôt historienne, tente de débusquer tous les éléments du récit fictif qui deviennent signifiants si on les rattache à des faits avérés,

– l'autre, plutôt à visée interprétative, s'intéresse aux hypothèses (comme Hitler = l'Antéchrist) et aux effets textuels (tel que l'ironie) qui découlent des éléments historiques mais aussi d'autres connaissances encyclopédiques.

• Éléments textuels historiquement signifiants

Ils deviennent relativement nombreux si l'on dispose d'une biographie détaillée d'Adolf Hitler : voir plus haut celle que nous avons empruntée à un manuel d'histoire récent pour la classe de première (*Histoire 1°*, coll. J. Le Pellec, Bertrand-Lacoste, avril 1997).

• Le père d'Adolf Hitler se prénommait Aloïs et sa mère Klara : « Comme d'habitude, Mme Klara… ».

• Hitler est né à Braunau am Inn, petite ville autrichienne à la frontière allemande, et il n'aura de cesse d'effacer la limite que symbolise la rivière Inn, affluent du Danube, entre les deux pays : « au bord du fleuve » ; surtout : « de l'autre côté du fleuve invisible, passa une fanfare militaire » peut signifier bien des aspects du destin particulier d'Hitler qui, réformé par l'armée autrichienne, s'est engagé dans l'armée allemande, de l'autre côté de la rivière-frontière, elle-même devenue « invisible » après l'Anschluss.

• Hitler a été présenté par de nombreux témoins comme un individu d'apparence insignifiante : « il avait de petits yeux insignifiants qui vous regardaient sans aucune personnalité ».

• Hitler était végétarien, ce qui explique notamment la pâleur de son teint : « blafard, presque vert, au point que ses camarades de jeu, pour se moquer de lui, l'appelaient Laitue. »

• Hitler était brun et il se coiffait en ménageant sur son front une mèche en forme de virgule : « lui au contraire était brun, avec une petite mèche qui lui retombait sur le front en virgule. ».

L'allusion à un destin extraordinaire est à ranger dans cette série : « Dolfi qui serra fièrement son ridicule petit fusil et se sentit appelé par la gloire ». Lorsqu'il rend compte des sentiments de la mère de Dolfi, le narrateur ironise sur le même thème : « Quelle misérable destinée l'attendait ? ».

Plus globalement, le véritable Hitler se retrouve derrière le personnage de Dolfi. Ainsi lorsqu'on suit sa trajectoire militaire : il est réformé en Autriche avec la mention « trop faible : inapte » que rappelle les traits de son portrait au début du texte : « il était pitoyable même, maigrichon, souffreteux, blafard ». Il participe à la guerre de 14-18 comme simple caporal dans l'armée bavaroise, de la même façon que Dolfi, certes capitaine par la volonté de ses camarades de jeu, est en fait sous les ordres du général Walter et ne commande qu'à « deux bambins à l'air sournois armés de fronde ». Il aime les parades militaires et, devenu Führer, il en organise de grandioses, de la même manière, Dolfi manifeste une grande sensibilité à ce genre de manifestation : « passa une fanfare militaire. Les palpitations de la trompette pénétrèrent comme un flot de vie dans le cœur de Dolfi ».

Cependant nombre de détails sont lisibles dans plusieurs sens. Alors que certains annoncent directement en Dolfi le véritable Hitler, y compris grâce à l'antiphrase lorsqu'il est vu par la mère, d'autres, selon un mode plus symbolique et plus complexe, anticipent sur son destin à travers les mésaventures du petit garçon berné par ses camarades lors du jeu de la guerre.

• Le petit Dolfi montre un goût certain pour la stratégie militaire mais il est la victime de la duplicité des « généraux » et tombe dans un piège. Ne peut-on voir dans cette épreuve une expérience décisive dont le futur chef de guerre saura (oh combien !) tirer des leçons. Le narrateur n'hésite pas à suggérer une telle métamorphose qui transforme le petit garçon naïf en un calculateur brutal et sans scrupules : « Pendant un instant, – et ce fut la dernière fois – il fut un garçon doux, tendre et malheureux, qui ne comprenait pas et demandait au monde environnant un peu de bonté. » puis quelques lignes plus loin « son visage devint subitement laid, un rictus dur lui plissa la bouche. »... Hitler serait né à ce moment, voilà ce que suggère le texte !

Les succès d'Hitler furent acquis par la ruse, la violence et l'absence de scrupules... un peu comme si les gamins du jardin public avaient appris l'efficacité de telles méthodes au bambin innocent. Certes la vraisemblance psychologique interdit des altérations aussi brutales de la personne humaine mais il faut considérer le caractère exemplaire de la nouvelle qui condense les faits pour en souligner l'essentiel.

• À cette piste, qui annonce à la fois l'éclosion d'une personnalité et un avenir dominateur, peuvent être ajoutées les notations qui, à l'inverse, laissent entrevoir l'échec final du dictateur. Ce ne serait pas la moindre des richesses des symboles que de dire en abrégé et en même temps toute la vie d'Hitler : l'avant (l'enfance d'un dictateur) et l'après (la défaite du IIIe Reich).

« Enfin il sentit que les autres s'enfuyaient, le son héroïque de la fanfare s'estompait au-delà du fleuve. Secoué par des sanglots désespérés il chercha tout autour de lui son fusil. Il le ramassa. Ce n'était plus qu'un tronçon de métal tordu. Quelqu'un avait fait sauter le canon, il ne pouvait plus servir à rien. »

Le désastre allemand de 1945 serait ainsi inscrit dans le texte : finis les fastes militaires du régime, détruite la puissante armée qui « ne pouvait plus servir à rien »... De manière plus concrète encore, le paragraphe dit la solitude du dictateur enfermé dans son bunker de Berlin avant son suicide, le 30 avril 1945.

- **Autres interprétations**

Connaître l'adulte que deviendra Dolfi entraîne des conséquences supplémentaires au niveau interprétatif.

– Certains détails ouvrent entre autres une piste de nature *religieuse.*

En effet, il est dit de la mère de Dolfi que « le soleil la nimbait d'un halo ». Si l'on ajoute à l'auréole qui glorifie la mère l'insistance avec laquelle le narrateur rappelle que la scène se passe à trois heures de l'après-midi, heure de la mise en croix du Christ, on peut échafauder une hypothèse selon laquelle Klara Hitler, aurait donné naissance à... l'Antéchrist. Si l'on prolonge les considérations précédentes, la mère de Dolfi en refusant de consoler son enfant, de faire preuve d'un peu de « bonté », de lui donner l'affection dont il a besoin, engendre un monstre au « rictus dur » : Hitler devient l'antimessie, l'incarnation des forces du mal, la figure de Satan.

– En seconde lecture, le texte se teinte aussi d'ironie par endroits. Quelques mots s'enrichissent de sens contradictoires mais bien révélateurs du destin d'Adolf.

Par exemple, le qualificatif « pauvre » déjà mis en valeur par le titre est repris trois fois dans la fin du texte :

« quel *pauvre* homme deviendrait ce malheureux gamin ? »

« Il serait toujours un *pauvre* diable »

« Oh ! le *pauvre* petit ! »

La polyphonie est ici évidente : derrière les voix de la mère de Dolfi et de la jeune femme élégante qui chacune à leur manière regardent avec pitié l'enfant humilié par ses camarades, il faut entendre celle du narrateur qui se place à un tout autre niveau, celui du jugement moral. Le narrateur ne voit plus l'enfant de cinq ans, mais Hitler, l'homme adulte que l'on peut qualifier de « pauvre » car il offrira une image dégradée, avilie de l'humanité. Si l'on relève le nom « diable » avec cette logique, on retrouve le double sens : un raté sans envergure pour la mère, l'Antéchrist pour le narrateur (voir plus haut). Le mot « misérable » offre une ambiguïté de même nature en raison de la polysémie du terme : il signifie avoir une vie sans envergure pour Mme Klara alors que pour le narrateur il désigne le mauvais génie responsable des plus grands malheurs de l'humanité. Cette double interprétation prend des connotations tragi-comiques si l'on considère que l'erreur énorme de la mère est amusante aux yeux du lecteur informé en même temps qu'elle constitue une terrible prémonition.

Des phrases comme « pourquoi [...] se laissait-il toujours mener par le bout du nez ? » sont rétrospectivement elles aussi chargées d'ironie, autant que le portrait moral de la « créature fragile, innocente, humiliée, sans défense » ou que « quelles histoires ils font pour un rien » quand on songe à ce que sera réellement Hitler. C'est lui qui mènera les autres par le bout du nez, qui sera l'antithèse absolue de la fragilité, de l'innocence, de la vulnérabilité, c'est lui qui fera une bonne part de l'Histoire du XXe siècle.

Il serait intéressant de prolonger cette recherche dans tout le texte, en relevant notamment les deux allusions aux « garçons blonds et robustes », représentants de la race aryenne, de la race des seigneurs...

Certes, un narrateur prend en charge le récit et semble manifester de la compassion pour Dolfi, la victime malheureuse, mais on est en droit de considérer que grâce à l'ironie créée par la polyphonie, l'auteur Buzzati intervient aussi comme une sorte de témoin et de juge qui condamne le dictateur sanglant au nom d'une morale humaniste.

Comme on le constate, un même texte peut être abordé successivement selon plusieurs perspectives. Nos relectures de « Pauvre petit garçon ! » ont été centrées sur des détails chaque fois différents : elles se sont fixé quelques **projets** distincts même si ces derniers sont restés le plus souvent complémentaires.

Repères

LE PROJET DE LECTURE

Les opérations mentales et les compétences dégagées dans les deux premiers repères se combinent dans l'activité menée par le lecteur. Pour faire apparaître mieux encore la simultanéité et la solidarité des opérations de réception, on dira qu'un lecteur construit du sens avec *ce qu'il sait, ce qu'il voit,* mais aussi en fonction de *ce qu'il cherche.*

– **Ce qu'il voit,** c'est le texte compris comme une « trace », un ensemble de détails graphiques (le plus souvent des caractères noirs sur une feuille blanche) qui peuvent devenir des indices propres à échafauder des hypothèses : les notions de signifiant et signifié (dénoté ou connoté) sont des relais intéressants pour analyser la transformation et l'investissement des détails de la trace par le sujet ; elles ne suffisent cependant pas car elles ne peuvent rendre compte à elles seules de la fonction symbolique du langage.

– **Ce qu'il sait** renvoie à la compétence encyclopédique du sujet, c'est-à-dire à sa capacité à exploiter le maximum des connaissances sur le monde pour transformer les détails du texte en indices. Les compétences linguistique et logique sont fortement sollicitées pour une exploitation optimale de la compétence encyclopédique, dans la mesure où une langue procède à un découpage arbitraire de la réalité qu'elle nomme et où les relations entre les aspects de la réalité obéissent à des logiques mouvantes, formant des systèmes variables d'explication du monde selon les individus, les époques, les latitudes, les milieux sociaux, les mondes fictifs créés par l'activité littéraire…

– **Ce qu'il cherche** rappelle qu'il n'y a pas de lecture sans **projet**. C'est le projet qui va permettre la sélection des détails pertinents et la discrimination des divers types d'indices, l'adoption d'une logique de mise en relation entre les éléments signifiants, le degré d'exigence de l'entreprise de lecture.

La conscience de ce que l'on cherche et le projet qui en résulte apparaissent bien comme une composante de première importance :

« Lire, qu'il s'agisse du journal, d'un roman, d'une notice, d'un poème, d'une relation d'expérience, des sous-titres d'un film, d'une carte d'état-major ou d'une pièce de théâtre, c'est toujours une activité qui trouve sa signification parce qu'elle est inscrite à l'intérieur d'un projet.[...]

À moins d'être ce mécanisme vide dont nous avons l'expérience lorsque nos yeux suivent un texte et que notre esprit est ailleurs, la lecture est nécessairement cette activité étroitement liée à la totalité de l'individu, à ce qu'il est, à ce qu'il vit, à son projet actuel. Lire, c'est avoir choisi de chercher quelque chose ; amputée de cette intention, la lecture n'existe pas. Puisque lire, c'est trouver l'information qu'on choisit, la lecture est par nature flexible, multiforme, toujours adaptée à la recherche. Il n'y a pas de degrés de lecture, des lectures qui soient meilleures que d'autres ; savoir lire, c'est pouvoir tout faire quand on le veut et quand le texte s'y prête. Apprendre à lire, c'est donc apprendre à explorer un texte, lentement quand on le veut, très vite quand on le veut : c'est apprendre à adapter sa quête à son projet. »

Jean Foucambert, *La manière d'être lecteur,*
Éditions MDI, 1980

« Le " bon lecteur ", celui qui fait le meilleur usage de ses aptitudes à la lecture, est celui qui manifestera le plus de " flexibilité " dans son comportement de lecture. C'est celui qui ajustera son mode de lecture au but qu'il s'est choisi, celui qui met au service de ses intentions les mécanismes qu'il a mis en place. » (Levy-Schœen)

❑ Pistes pédagogiques (classe de troisième)[1]

Le texte sera coupé en trois morceaux à exploiter successivement au cours de quatre séances (une heure chacune).

Séance 1

Une première partie du texte est donnée à lire : jusqu'à « – Je veux pas qu'on m'appelle Laitue ! ». Les points suivants sont abordés :

1. les attentes que fait naître le titre ;

2. l'aspect du texte : premiers indices (étude de la temporalité, du système des personnages, à partir du relevé des premiers mots des paragraphes narratifs) ;

3. le portrait de Dolfi :
– champ lexical de la laideur,
– étude du parti-pris de l'auteur,
– analyse des attentes du lecteur.

Travail de préparation pour la séance 2 :

> 1 – Lisez la nouvelle jusqu'à « … le courage de le faire dans des conditions normales. ».
> 2 – En utilisant les indices de temps au début des paragraphes narratifs, donnez un titre à chaque épisode.
> 3 – En deux colonnes, relevez les oppositions entre Dolfi et les autres enfants (dans le paragraphe : « Les autres enfants jouaient … lui si faible. »).
> 4 – Imaginez en quelques lignes la suite de l'histoire.

Séance 2

L'activité de la séance tourne autour des questions à traiter à la maison. Elle mettra notamment l'accent sur la continuité et la prévisibilité de l'action, en privilégiant l'échange entre les élèves sur les suites possibles de l'histoire.

Séance 3

La fin du texte est enfin donnée à lire et le travail programmé suivant les consignes qui suivent.

---

1 - Nous remercions Marie-Hélène Roques qui nous a fourni le scénario pédagogique d'exploitation de « Pauvre petit garçon ! ».

1. Lisez la fin de la nouvelle.

2. Soulignez en bleu les indices de temps qui se trouvent au début des paragraphes narratifs et donnez un titre aux épisodes que vous avez ainsi isolés.

3. Soulignez en rouge tous les « mais » de la fin de la nouvelle.

Séance 4

1. Recherchez dans le dictionnaire qui est Hitler, examinez sa photo.

2. Relisez toute la nouvelle et soulignez en vert toutes les expressions qui ont un autre sens depuis que nous connaissons l'identité de ce « pauvre petit garçon ».

Prolongements

- ***Quelles similitudes et quelles différences relevez-vous entre « Pauvre petit garçon ! » de Buzzati (1966) et « Une histoire vraie » de Roald Dahl, nouvelle incluse dans le recueil intitulé*** **Kiss Kiss** ***et traduit en 1962 (Folio n° 1029) ?***

VI. « COMMENT SERVIR L'HOMME » de DAMON KNIGHT

Nous n'avons pas résisté au plaisir de clore la première série de nouvelles en reproduisant un texte célèbre dans l'univers de la science-fiction.

❑ Éléments pour une interprétation

Sur le thème des envahisseurs venus d'une autre planète dont le succès persiste encore aujourd'hui, Knight produit une variation particulièrement originale. Il exploite une recette narrative que les cinq premières nouvelles ont rendue familière à notre lecteur sans que pour autant, une fois de plus, ce dernier évente la ruse.

Comme la dernière ligne le fera apparaître, le titre « Comment servir l'homme » possède deux sens mais un seul (de type philanthropique : rendre service à l'homme, lui apporter aide et soutien) est perceptible par le lecteur au début ; l'autre (du côté de l'anthropophagie : considérer l'homme comme une denrée alimentaire que l'on accommode selon une recette culinaire) est d'une telle incongruité ou d'une telle monstruosité qu'il n'a guère de chance d'être perçu comme une possible hypothèse.

Tout au long du texte et avec une grande habileté, l'auteur parvient à cacher la seconde interprétation tout en maintenant le mystère quant aux intentions des extraterrestres. D'une part, le récit est pris en charge par un narrateur qui accueille favorablement les dons des Kanamites, comme le fait d'ailleurs la quasi totalité des humains. D'autre part, ce narrateur a pour interlocuteur un de ses collègues traducteur à l'ONU particulièrement sceptique et qui pose des questions plus exigeantes, telle le pourquoi ? à propos des initiatives en apparence bienveillantes des visiteurs interstellaires. Le dialogue entre le méfiant Grégori et l'optimiste narrateur résume de manière vivante les deux attitudes humaines par rapport aux bienfaits des Kanamites, mais le mystère reste entier : sont-ils altruistes ? ont-ils des intentions intéressées et moins nobles ? La fin du texte lève l'équivoque : les Kanamites procurent paix et prospérité aux humains pour obtenir un meilleur rendement de ce qui est devenu un véritable élevage à des fins alimentaires. En découvrant que l'ouvrage intitulé *Comment servir l'homme* est en réalité un livre de cuisine, le lecteur est partagé entre le rire et l'horreur.

L'humour noir de Knight est particulièrement explosif car en touchant à quelques préoccupations humaines essentielles comme l'avenir de l'humanité, le bonheur et la prospérité, la guerre et la paix, les univers extraterrestres, il déstabilise par le radical changement de point de vue. Comme dans « l'arroseur arrosé », le comique naît essentiellement d'un renversement : l'homme qui utilise la science pour optimiser la production de viande animale devient à son tour une bête promise à l'abattoir.

Les réactions contradictoires du lecteur témoignent de ses deux positions fondamentales face au texte : lecteur participatif piégé par l'illusion référentielle, il frémit d'épouvante en imaginant l'homme transformé en vulgaire viande de boucherie et la terre en immense élevage ; lecteur lucide et capable de distanciation, il rit de bon cœur à l'énorme mystification dont il vient d'être la victime. La relecture le confirme dans cette seconde position puisqu'elle lui permet de mettre au jour les ficelles linguistiques et narratives du texte :

– double sens de mots, expressions ou phrases-clés comme : « servir l'homme », « Lorsque votre monde ne connaîtra plus la faim, la guerre et les souffrances inutiles, ce sera là notre récompense. »,

– choix des personnages principaux : Grégori et le narrateur sont des traducteurs professionnels capables de découvrir les secrets de la complexe langue kanamite,

– choix d'une stratégie énonciative : un narrateur-personnage assume la narration en adoptant un point de vue interne, grâce à quoi il délivre seulement les informations limitées – et partiales – qu'il est censé posséder.

❑ Pistes pédagogiques

Nous ne suggérons pas de scénario pédagogique identique à ceux qui traitaient les nouvelles précédentes. Cependant « Comment servir l'homme » n'est pas présenté ici « gratuitement » : il nous semble qu'un tel texte serait un support intéressant pour mener une évaluation des compétences acquises lors de la lecture-étude de l'une ou l'autre des nouvelles 1 à 5.

Les formes possibles de l'évaluation sont variables selon les niveaux de classe, les modalités d'étude des nouvelles antérieures, le degré d'exigence du travail conduit en amont, etc. Nous en dessinons quelques-unes, des plus brèves aux plus approfondies :

– la dernière ligne du texte ayant été supprimée pour la lecture-découverte initiale, les élèves sont invités à proposer une solution à l'énigme du texte ;

– le texte ayant été lu intégralement, il faut justifier le titre (le double sens de l'expression « Comment servir l'homme » doit être perçu et expliqué clairement en fonction du récit) ;

– une relecture est demandée avec un projet précis : relever dans le texte toutes les notations ambiguës qui permettent d'analyser la stratégie redoutable des Kanamites, leur duplicité consciente et terriblement efficace.

Prolongements

- ***Manifestement, « Comment servir l'homme » est une nouvelle à ranger dans la catégorie des récits de science-fiction, c'est-à-dire des « romans d'hypothèse ». En quoi illustre-t-elle les propos de Maurice Renard sur ce genre de production littéraire (voir le repère de la page 142) ?***

• Autre stratégie de lecture

Dans les pages qui précèdent, nous avons avancé de manière systématique en privilégiant l'aspect didactique : les six nouvelles ont été abordées et travaillées successivement, elles ont été parfois manipulées pour les besoins de l'apprentissage, les notions les plus souvent présentées concernent en priorité l'acte de lire. Il est tout à fait possible d'envisager un autre scénario, plus libre et plus global à la fois, à condition de s'adresser à des élèves qui disposent de compétences de lecture déjà assez développées.

La démarche consisterait à distribuer l'ensemble des six textes intégraux pour une lecture-découverte. Aucune consigne ne serait donnée pour aborder les nouvelles.

Dans un second temps, on demanderait aux élèves de justifier le groupement : « qu'est-ce qui selon vous explique le rassemblement de ces six textes ? ». Les diverses hypothèses de réponses seraient mises en commun et discutées.

Dans un troisième temps et en se fondant sur les réponses données à la question précédente, on choisirait des points de confrontation plus précis pour approfondir l'analyse des stratégies d'écriture :

– sur quoi repose l'essentiel des ruses narratives ?

– en quoi le choix d'un point de vue narratif joue-t-il un rôle important dans certains récits ?

– comment les personnages ou les actants sont-ils désignés et caractérisés ?

– quelles manipulations linguistiques sont-elles parfois nécessaires pour entraîner le lecteur sur des fausses pistes ?

Prolongements

- ***Repérez, dans les six nouvelles du groupement, la phrase à partir de laquelle le sens bascule, celle qui réoriente l'interprétation du texte.***
  Étudiez sa place, sa construction, sa ponctuation, son rapport au titre de la nouvelle et opérez des rapprochements avec les autres phrases retenues dans chacun des récits. Comment ces phrases permettent-elles de confronter les stratégies narratives de chaque auteur ?
- ***A l'aide du repère p. 151, étudiez les leurres que constituent les titres des six premières nouvelles.***

DEUXIÈME GROUPE

7 – « Une Petite Distraction » – Gérald KERSH
*8 – « À s'y méprendre » – Villiers de l'*ISLE-ADAM
9 – « Le Chat du Cheshire » – Antonio TABUCCHI
10 – « Cycle de survie » – Richard MATHESON
11 – « Le Bazar des mondes » – Robert SHECKLEY
12 – « Crescendo » – Dino BUZZATI

Lire un texte littéraire suppose la maîtrise de savoirs et savoir-faire multiples parmi lesquels la pratique raisonnée de l'intertextualité occupe une place de choix. Tous les textes réunis dans ce deuxième ensemble exploitent citations, mises en abyme, jeux sur les topoi, travestissements génériques, et ne prennent leur sens le plus riche qu'à partir d'approches intertextuelles : le lecteur les apprécie à leur juste valeur s'il pressent ou reconnaît les références plus ou moins implicites introduites par l'auteur. L'élaboration du sens d'une œuvre est en effet d'abord un dialogue entre le « texte et tous les autres textes écrits auparavant (on ne fait des livres que sur d'autres livres et autour d'autres livres) [...] ; les livres parlent toujours d'autres livres, et chaque histoire raconte une histoire déjà racontée » (Umberto Eco, *Apostille au « Nom de la Rose »*). Identiquement, pour Michæl Riffaterre, « L'intertexte est la perception, par le lecteur, de rapports entre une œuvre et d'autres qui l'ont précédée ou suivie » ; « l'intertextualité est [...] le mécanisme propre à la lecture littéraire. Elle seule, en effet, produit la signifiance, alors que la lecture linéaire, commune aux textes littéraires et non-littéraires, ne produit que le sens. »

Gérard Genette est certainement un des théoriciens les plus féconds de « l'intertextualité ». Ses travaux nous offrent quelques-unes des pistes les plus appropriées à la lecture des six nouvelles du groupe 2. Nous faisons nôtre sa profession de foi, telle qu'elle figure dans un élément du « paratexte » de l'édition originale de *Palimpsestes* : « Un texte peut toujours en lire un autre, et ainsi de suite jusqu'à la fin des textes. Celui-ci n'échappe pas à la règle : il l'expose et s'y expose. Lira bien qui lira le dernier. »

Repères

L'INTERTEXTUALITÉ OU LA TRANSTEXTUALITÉ

Gérard Genette dans *Palimpsestes* (Éd. du Seuil, 1982) propose différentes pistes pour explorer ce qu'après avoir nommé lui-même en 1979 intertextualité, il nomme transtextualité, définies ainsi : « Tout ce qui met en relation, manifeste ou secrète, avec d'autres textes. »

Il retient cinq types de relations transtextuelles :

• *l'intertextualité,* « présence effective d'un texte dans un autre », sous forme de citation, de plagiat ou d'allusion ;

• *la paratextualité*, tout ce qui procure au texte un entourage variable et parfois un commentaire : du titre à la jaquette, de la préface aux notes de bas de page. Dans un sens plus large, le paratexte comporte aussi l'« avant-texte » des brouillons, esquisses et projets divers.

• *la métatextualité,* relation de commentaire « qui unit un texte à un autre texte dont il parle, sans nécessairement le citer (le convoquer), voire à la limite, sans le nommer ».

• *l'architextualité*, « ensemble des catégories générales – types de discours, modes d'énonciations, genres littéraires, etc. – dont relève chaque texte singulier. »

• *l'hypertextualité*, qui définit toute relation unissant un texte B (hypertexte) à un texte antérieur A (hypotexte) sur lequel il se greffe d'une manière qui n'est pas celle du commentaire. Elle peut prendre la forme de la parodie, du travestissement, de la charge ou du pastiche ; elle peut être ludique, humoristique, sérieuse, polémique, satirique ou ironique.

Résumé des catégories de Genette par A. Boissinot et M. Mougenot, in *Le français aujourd'hui,* n° 97, « Le groupement de textes »

Après le groupe 1 des nouvelles 1 à 6 du présent parcours, le groupe 2, lui aussi riche de six textes intégraux appartenant au même genre, a été constitué avec une préoccupation plus nettement littéraire. Cela signifie que leur lecture, pour être menée avec quelque succès, exigera une perception plus fine des rapports que les textes entretiennent entre eux ou avec d'autres œuvres. Cela demandera aussi de recourir à des connaissances plus culturellement marquées.

VII. « UNE PETITE DISTRACTION » de GÉRALD KERSH

« Une Petite Distraction » a été écrit par un auteur apparemment mineur et peu connu en France[1]. Cette nouvelle n'en présente pas moins un grand intérêt en raison des ellipses et des dissimulations qui la rendent peu compréhensible aux récepteurs dénués de certaines références précises, notamment dans le domaine religieux. Par son fonctionnement particulier, elle constitue un support adapté à l'appréciation des compétences encyclopédiques des lecteurs.

❑ Éléments pour une interprétation

• Le référent sacré

Chaque lecteur devrait noter à quel endroit du texte, comment et pourquoi il a pressenti le sens que le narrateur s'est amusé à lui dérober ou à lui masquer pendant l'essentiel de la narration. Dès que le lecteur a identifié le lieu, le jour et l'heure, les circonstances, les personnages, l'épisode sur lequel on focalise son attention et celui que l'énoncé évoque par bribes ou par éclairs, l'interprétation s'impose.

Le sujet, la scène sont grandioses, pathétiques, d'une puissance dramatique et religieuse exceptionnelle. Leur traitement apparaît dérisoire, vulgaire, dégradant, désacralisant, choquant même pour certains. Il s'agit de la Crucifixion du Christ sur le Golgotha (en latin Calvaria, Calvaire).

---

1 - Nos remerciements à J.P. Rebon qui nous a signalé et transmis ce texte rare.

Repères

LA CRUCIFIXION DE JÉSUS

Selon les quatre Évangiles, Jésus, accusé par les grands prêtres et les anciens, comparaît devant le gouverneur Ponce-Pilate, qui, après interrogatoire, le fait flageller et le livre au peuple pour qu'il soit crucifié.

« Alors les soldats du gouverneur prirent avec eux Jésus dans le Prétoire et ameutèrent sur lui toute la cohorte. L'ayant dévêtu, ils lui mirent une chlamyde écarlate, puis, ayant tressé une couronne avec des épines, ils la placèrent sur sa tête, avec un roseau dans la main droite. [...] Puis quand ils se furent moqués de lui, ils lui ôtèrent la chlamyde, lui remirent ses vêtements et l'emmenèrent pour le crucifier.

En sortant, ils trouvèrent un homme de Cyrène, nommé Simon, et le requirent pour porter sa croix. Arrivés au lieu dit Golgotha, c'est-à-dire lieu dit du Crâne, ils lui donnèrent à boire du vin mêlé de fiel ; il en goûta et n'en voulut point boire. Quand ils l'eurent crucifié, ils se partagèrent ses vêtements en tirant au sort. Puis, s'étant assis, ils restaient là à le garder.

Ils placèrent aussi au-dessus de sa tête le motif de sa condamnation ainsi libellé : « Celui-ci est Jésus, le roi des Juifs. » Alors sont crucifiés avec lui deux brigands, l'un à droite, l'autre à gauche.

Les passants l'injuriaient en hochant la tête et disant : « Toi, qui détruis le Sanctuaire et en trois jours le rebâtit, sauve-toi toi-même, si tu es fils de Dieu, et descends de la Croix. » [..]

À partir de la sixième heure, l'obscurité se fit sur toute la terre, jusqu'à la neuvième heure. Et vers la neuvième heure, Jésus clama un grand cri : « Éli, Éli, lema sabachtant ? », c'est-à-dire : « Mon Dieu, mon Dieu, pourquoi m'as-tu abandonné ? ». Certains de ceux qui se tenaient là disaient en l'entendant : « Il appelle Élie, celui-ci ! ». Et aussitôt l'un d'eux courut prendre une éponge qu'il imbiba de vinaigre et, l'ayant mise au bout d'un roseau, il lui donnait à boire. Mais les autres lui dirent : « Laisse ! que nous voyions si Élie va venir le sauver ! ». Or Jésus, poussant de nouveau un grand cri, rendit l'esprit.

Et voilà que le voile du Sanctuaire se déchira en deux, du haut en bas ; la terre trembla, les roches se fendirent, les tombeaux s'ouvrirent. [...]. Quant au centurion et aux hommes qui avec lui gardaient Jésus, à la vue du séisme et de ce qui se passait, ils furent saisis d'une grande frayeur et dirent : « Vraiment celui-ci était fils de Dieu ! »

Il y avaient là de nombreuses femmes qui regardaient à distance, celles-là même qui avaient suivi Jésus depuis la Galilée et le servaient entre autres Marie de Magdala, Marie, mère de Jacques et de Joseph, et la mère des fils de Zébédée.»

Évangile selon saint Matthieu (Éd. *La Bible de Jérusalem)*

L'Évangile selon saint Jean développe certains épisodes ou ajoute d'autres personnages. Voici quelques-unes de ces additions :

« Lorsque les soldats eurent crucifié Jésus, ils prirent ses vêtements et firent quatre parts, une part pour chaque soldat, et la tunique. Or la tunique était sans couture, tissée d'une pièce à partir du haut ; ils se dirent donc entre eux : « Ne la déchirons pas, mais tirons au sort qui l'aura » afin que l'Écriture fût accomplie :

Ils se sont partagé mes habits
et mon vêtement, ils l'ont tiré au sort.
Voilà ce que firent les soldats.

Or près de la croix de Jésus se tenaient sa mère et la sœur de sa mère, Marie, femme de Clopas, et Marie de Magdala. Jésus donc voyant sa mère et, se tenant près d'elle le disciple qu'il aimait, dit à sa mère : « Femme, voici ton fils. ». Puis il dit au disciple : « Voici ta mère. » (id.)

Point n'est besoin pour un lecteur cultivé de recenser tous les indices textuels qui accréditent cette interprétation. La référence aux Évangiles est patente à la fin du texte : l'avant-dernier paragraphe donne à qui n'aurait pas su devancer l'information toutes les clés nécessaires, propres à conforter les hypothèses qui pouvaient s'esquisser plus tôt. Nombre de lecteurs auront su identifier l'épisode biblique à l'évocation du cri de désespoir de Jésus agonisant, repris textuellement des Évangiles : « Mon Dieu, pourquoi m'as-tu abandonné ? ». D'autres, plus perspicaces, auront pressenti le jeu d'informations détournées dès l'épisode des dés : trois soldats qui tirent au sort « des affaires » ou « une camelote », voilà qui appelle la référence à un des « détails », au sens pictural du terme, les plus connus du même épisode, que peintres et littérateurs ont largement vulgarisé. (Voir par exemple, la reproduction de la toile de Mantegna « Le Calvaire », Musée du Louvre, p. 47-48 du Classique BL).

L'intérêt de la nouvelle ne réside évidemment pas dans les éléments d'une fiction maintes fois reprises depuis les Évangiles, mais dans le traitement que la narration nous propose.

• Une énigme

Le texte pourrait être assimilé à un genre ludique très pratiqué aux XVIe et XVIIe siècles, celui de « l'énigme », qui consistait à faire deviner une chose (objet, personnage, événement...) d'après une définition ou une description faite en termes obscurs ou ambigus. Sa résolution par le dévoilement sans fard de l'avant-dernier paragraphe sera jugée lourdement explicite ou maladroite par certains. Mais, comme dans « l'énigme », l'accumulation d'indices convergents peut se lire comme la résolution, c'est-à-dire la récompense attendue par tous ceux qui « avaient compris » : dès lors, le texte acquiert une légitimité littéraire, celle d'un jeu sur les genres. Comment se construit cette énigme ? Le découpage du texte ne manque pas de simplicité avec ses trois temps : avant la partie de dés, la partie, après la partie.

Ce mouvement suit à quelques lignes près la répartition des indices ambivalents que le narrateur a choisi de distribuer en trois étapes : la rétention des informations, la concentration sur un « détail », la résolution progressive.

Pour chaque étape, nous distinguerons deux phases, celle de la lecture-découverte, nécessairement naïve, celle de la relecture, plus informée.

– *L'incipit*

Première lecture

Dans les premiers paragraphes du texte, rien ne permet d'identifier le cadre spatio-temporel dont la connaissance est indispensable pour valider l'interprétation. Trois soldats que distinguent des caractéristiques physiques – un Roux, un Bouclé, le vieux à la cicatrice – discutent en se plaignant de leur sort. Seul un indice vague et d'une grande ambiguïté évoque le lieu : « ce sacré Moyen-Orient » ; l'époque est plus mystérieuse encore. Le langage très familier accrédite l'hypothèse d'une scène contemporaine, proche de nous. Les personnages semblent en charge d'une « affaire » jugée banale par l'un d'entre eux, plus inhabituelle par un autre. Est-ce sa difficulté ou la chaleur qui expliquent la sueur qui coule de leurs sourcils ? Un orage menace.

Deuxième lecture

La stratégie narrative apparaît clairement. Le narrateur choisit un « détail » de la scène. Loin de focaliser l'attention sur la totalité de l'épisode dramatique dont le centre sont le supplice et la mort en croix du Christ, il concentre son récit sur le coin « inférieur » – à tous les sens du terme – du tableau où se groupent les trois soldats gardiens du Calvaire. L'arrière plan ou le premier plan disparaissent entièrement à nos yeux, gommés par la médiocrité des propos et l'absence de référents identifiables : « cette affaire-là », « ces choses-là », « ça ». Le choix des surnoms des soldats ou leur caractérisation par des éléments physiques tels que cheveux, cicatrice, teint, permettent une identification sommaire et commode ; brossant des personnages un portrait à grossiers coups de crayon, leur prêtant un langage relâché, le narrateur les campe dans une réalité ordinaire, très loin de la scène grandiose et tragique dont ils sont les témoins. Ajoutons que le nom de baptême narratif du premier personnage « Poil de Carotte » crée un brouillage immédiat : chacun pense au jeune héros de Jules Renard et cette assimilation imprègne fortement l'esprit, ne serait-ce qu'en situant la fiction autour des années 1900.

Dans un deuxième temps, certains détails deviennent des indices : ils s'avéraient insuffisants pour conduire au sens, mais le narrateur les a cependant parsemés de loin en loin, précisément parce qu'il parie sur le plaisir de la relecture. La brièveté du texte, la conscience des brouillages dont le lecteur a été victime doivent conduire, selon le souhait de l'auteur, à relire l'ensemble pour appréhender et au besoin apprécier la manipulation narrative. On notera essentiellement dans cette phase l'énoncé prophétique du vieux soldat : « Qu'est-ce qu'on parie qu'il y aura un orage ce soir ? ». L'indice météorologique, plutôt perçu d'abord comme un effet de réel, se veut en réalité malicieusement chargé d'une valeur symbolique : l'orage annoncé sera celui, de caractère apocalyptique, qui frappera la terre à la mort du Christ. Désormais informé, le lecteur redonne un sens plus riche à un élément ignoré ou pauvrement interprété et apprécie en connivence avec le narrateur la subtilité de l'effet de cette « prolepse ». Ce qui apparaissait avant tout comme une conversation banale sur la pluie et le beau temps se révèle une insistance de nature à alerter : « Il y eut un roulement de tonnerre dans le lointain. “ Vas-y, fais grouiller tes entrailles tant que tu veux. Je m'en moque ” ».

– La partie de dés

Première lecture

L'enjeu de la discussion se précise peu à peu. Les soldats doivent partager une sorte de butin de faible valeur diversement désigné à plusieurs reprises : « les affaires », « ce bataclan », « cette camelote », « le baluchon », « le paquet ». Mais sans la reconnaissance du contexte culturel, sans l'identification des événements évoqués, nul ne peut encore transformer ces éléments en indices : ils font sens à partir du moment où l'épisode biblique des soldats jouant au sort les vêtements de Jésus a été reconnu ou pressenti. Une signification cohérente ne se construit que si le lecteur sait mettre en relation quelques indices convergents – trois soldats, le partage d'un baluchon, le jeu de dés – qui réveillent la connaissance du « détail » de la scène du Calvaire. L'épisode du jeu et de ses péripéties occupe le tiers du texte et cette longueur participe du même jeu de brouillage. Le narrateur concentre à nouveau toute l'attention sur les épisodes de la partie, créant un effet de faux suspense. Il déplace l'attention non seulement sur le trio des joueurs, mais plus spécialement sur les dés, focalisés en gros plan, et sur les chiffres qu'ils affichent. Les pitreries de Poil-de-Carotte le rendent sans doute sympathique au lecteur : cette connivence déroute encore l'attention sur un personnage secondaire, cocasse et malheureux au jeu.

Deuxième lecture

Le lecteur identifie pleinement la scène inspirée des Évangiles. La stratégie narrative réside seulement, si l'on peut dire, dans le « camouflage » de l'essentiel : la Croix, le Christ agonisant, le Calvaire. Le gros plan sur un « détail » dérisoire de la scène pathétique en altère le sens, en dégrade le registre, en pervertit la valeur. Le narrateur « omet » de donner une information : le « baluchon » n'est pas identifié comme le paquet renfermant les habits de Jésus. Rien n'indique qu'il s'agit même de vêtements. Il faut attendre les dernières lignes pour que le référent se précise : « On va vendre les hardes ».

Par ailleurs, la re-connaissance de la scène des habits joués aux dés au pied de la Croix redonne sens à certains détails, notamment la main blessée. Cet élément apparaît la première fois au cours de la partie : « Le Bouclé (...) étendit la main gauche. Il y avait une large coupure à la naissance des doigts. “ Vous parlez d'un sale coup ” dit-il ». Plus loin : « Il frotta sa main endolorie. ». La résolution de cette nouvelle énigme est livrée dans l'avant-dernier paragraphe : le soldat s'est blessé en plantant un des clous qui crucifient Jésus. L'information qui trouve in fine une explication cohérente entre en concurrence avec d'autres informations plus subalternes qui, comme celle des cicatrices du vieux soldat, se répètent, et, purement descriptives ou réalistes, fonctionnent comme des leurres.

– *« par-dessus l'épaule »*

Première lecture

Après la partie de dés, de nouveaux personnages apparaissent. L'allusion brève évoque implicitement d'abord une jeune femme, ensuite mystérieusement « une paire d'épouses ». La fin du texte rassemble les informations qui résolvent l'énigme. La citation exacte de l'Évangile permet d'identifier le lieu, l'événement, les personnages.

La fin permet de sourire : témoin naïf d'un événement « historique » qui bouleversera l'humanité, le personnage initial méconnaît évidemment son importance et appelle de ses vœux avec insistance une vie moins routinière. Le titre se colore alors d'un humour noir aussi féroce qu'amusant en faisant de la Crucifixion une « distraction » qui agrémente pour quelques instants la vie quotidienne des soldats, qui introduit un peu de variété dans la monotonie de leur vie de garnison. Cet intermède reste malgré tout « petit », insignifiant même pour Poil de Carotte si l'on en juge par ses derniers mots : « Si seulement il arrivait quelque chose… ».

Deuxième lecture

Elle s'intéresse au traitement de l'espace, des personnages « secondaires » ou présentés comme tels par la narration, de l'événement lui-même. La totalité du récit apparaît centrée sur le groupe des soldats. Or, « l'essentiel » est ailleurs, tout près, dissimulé par la stratégie narrative. Le lecteur découvre comment cet espace dérobé lui a été suggéré par éclairs fugaces. Dans le premier tiers, on découvre ces phrases : « Le Bouclé lança un regard autour de lui. " Qu'est-ce qu'on va faire de ce bataclan ? " ». Certes, le regard n'élargit que de quelques mètres l'aire de jeu et de discussion ; mais un ailleurs proche, une sorte de coulisses de l'événement, s'esquisse. Une seconde mention élargit le champ de la perspective : « Il regardait par-dessus l'épaule du Bouclé ». Puis, le regard s'élève : « L'homme à la cicatrice regarda en l'air. ». Enfin, « un cri leur parvint d'en haut ». Ainsi, par élargissement et élévation successifs, l'espace fictionnel donne à entrevoir la tunique de Jésus, Marie-Madeleine, les deux Maries, enfin Jésus agonisant sur la Croix. On peut dès lors interpréter sans difficulté le constat de « l'homme à la cicatrice » : « ça doit y être plus ou moins ». Le « ça » désinvolte et railleur fait référence à la mort de Jésus. Ce n'est pas le moins fort des énoncés qui apparentent le registre et la composition du texte au « burlesque » tout en confirmant l'humour noir du titre.

• Le burlesque

Comprendre un texte ne se réduit pas à la possibilité que le lecteur aurait d'en résumer la fiction, ou même d'identifier les procédés de composition. Il faut en saisir le ton ou le registre, le « style ». « Une petite distraction » s'apparente au genre littéraire du « travestissement burlesque ».

Repères

LE TRAVESTISSEMENT BURLESQUE

Gérard Genette in *Palimpsestes*, (Éd. du Seuil, 1982) a défini ce « genre », un des avatars des exercices de transformation ou d'imitation qui constituent une des pratiques intertextuelles :

« Le travestissement burlesque récrit [...] un texte noble, en conservant son « action », c'est-à-dire à la fois son contenu fondamental et son mouvement (en termes rhétoriques), son invention et sa disposition, mais en lui imposant une tout autre élocution, c'est-à-dire un autre « style ». C'est une forme de transformation de caractère satirique, à fonction dégradante.

Sa forme canonique est la réécriture en octosyllabes et en style vulgaire d'un texte épique, et plus précisément d'un chant de l'*Énéide.* ». L'exemple le plus connu est le *Virgile travesti* de Scarron paru en 1648 et 1649, dont le succès fit de multiples émules.

Travestir par exempe l'*Énéide* « au sens burlesque, c'est tout d'abord (la condition fut de rigueur jusqu'à Marivaux compris) transcrire ses hexamètres latins (dont l'équivalent français serait l'alexandrin) en « petits vers » ou « vers burlesques », c'est-à-dire en octosyllabes ; c'est ensuite transposer le style, constamment noble (gravis) de son récit et des discours de ses personnages en style familier, voire vulgaire ; c'est aussi (le second trait ne se concevrait guère sans ce troisième) substituer aux détails thématiques virgiliens d'autres détails plus familiers, en l'occurrence à la fois plus vulgaires et plus modernes : ici intervient la pratique bien connue de l'anachronisme (...) ; c'est encore l'agrémenter d'amplifications et d'additions. »

Gérard Genette évoque comme un exemple moderne du « travestissement sacrilège » un texte d'Alfred Jarry, publié le 11 avril 1903 dans le *Canard sauvage*. « La Passion considérée comme course de côte » présente la montée au Golgotha comme un exploit de grimpeur.

Sur le même « personnage », dans un registre proche, on évoquera les vers de « Zone » d'Apollinaire (*Alcools,* 1913) :

« C'est le fils pâle et vermeil de la douloureuse mère
C'est l'arbre toujours touffu de toutes les prières
C'est la double potence de l'honneur et de l'éternité
C'est l'étoile à six branches
C'est Dieu qui meurt le vendredi et ressuscite le dimanche
C'est le Christ qui monte au ciel mieux que les aviateurs
Il détient le record du monde pour la hauteur. »

Les procédés mis en œuvre ici s'inspirent de ceux que recense le critique, obéissent aux mêmes principes, mais prennent des formes originales.

Se manifeste en premier lieu la volonté de se saisir d'un des textes littéraires les plus prestigieux et les plus sacrés, *Les Évangiles*, et, à l'intérieur de ce livre de l'événement le plus pathétique et le plus chargé de sens, la Crucifixion de Jésus, pour le présenter si on ose dire « par le petit bout de la lorgnette ». Effacée, perdue dans l'arrière plan de la narration, dissimulée à nos regards, travestie, la crucifixion et la mort du Christ sont évoquées par bribes, indirectement, prosaïquement, à travers les propos des trois soldats chargés du supplice. Ce changement de « point de vue » constitue la première dégradation, le premier principe de la désacralisation de l'événement pathétique.

Tous les éléments qui constituent le « topos » religieux et esthétique du Calvaire se retrouvent ainsi pervertis, « travestis », rabaissés par le regard que pose sur eux la soldatesque. C'est par ses paroles en discours direct qu'ils nous sont donnés à voir. L'orage final ? : « Il y eut un roulement de tonnerre dans le lointain. " Vas-y, fais grouiller tes entrailles tant que tu veux. Je m'en moque " ». Les sublimes figures de Marie, mère de Jésus et de sa sœur ? : « Et qui c'est, cette paire d'épouses qui traînent là toute la journée ? " Parentes de quelqu'un, je suppose " ». Marie de Magdala ou Marie-Madeleine ? « " Cette jeunesse-là n'est pas mal fichue ". " Jolie taille [...] mais trop grave à mon idée " ». L'agonie et l'instant de la mort du Christ ? : « " Ça doit y être plus ou moins " ». La vulgarité voire la grossièreté des propos relèvent de la tradition du burlesque : le clin d'œil s'avère même obscène ou concupiscent dans l'évocation de Marie-Madeleine si l'on se rappelle qu'elle était prostituée. Mais cette dégradation générale de caractère « burlesque » participe ici pleinement à l'entreprise de mystification : le lecteur, que sa culture ou ses lectures ont peu habitué à la désacralisation de cet épisode de l'*Évangile*, ne peut soupçonner qu'un tel langage puisse évoquer Marie, Jésus et le Calvaire. Le constatant, sourira-t-il ou trouve-t-il l'exercice un peu vain ?

❑ Pistes pédagogiques

L'expérience nous a montré que pour nombre d'élèves les indices les plus incontestables de la fin du texte restaient lettre morte. Le lieu du « Calvaire » que désertent les « trois soldats romains », l'évocation du « clou », les dernières paroles du Christ n'évoquent pas pour chacun une scène précise, ou le personnage de Jésus. Dès lors, comment apprécier ou du moins appréhender la stratégie narrative puisqu'il n'y a aucune connivence partagée ?

Il faut accepter de faire de ce texte un « exercice de lecture ». Le lisant à haute voix, le professeur pourra ménager les pauses qui lui sembleront pertinentes pour assurer les éventuels effets et faire formuler des hypothèses successives sur le lieu, l'époque, les événements de la fiction, les personnages .. Quand la solution de l'énigme est découverte – quand précisément ? par qui ? pourquoi ? à partir de quels indices ? réunis par quels savoirs ou par quelle intuition ? –, il paraîtra indispensable de donner à lire le texte fondateur – un des quatre Évangiles – pour en recenser les traces dans la nouvelle. Puis on traquera dans le cours du récit les éléments qui annoncent en la pervertissant ou la reléguant sur un autre plan la scène dramatique, ceux qui, insignifiants désormais, constituent de fausses pistes. On identifiera la narration comme une entreprise de mystification aux procédés repérables : effacement des repères spatio-temporels permettant de situer l'action, concentration sur un épisode secondaire, « changement » de point de vue, évocation par l'implicite de l'événement majeur, mise en place de personnages et d'un langage « vulgaires » qui s'opposent par antithèse au sublime de la scène, emprunts à un genre dénommé « travestissement burlesque ».

Ne pourrait-on prolonger la séance par une lecture d'images où seraient données à analyser quelques « mises en scène » picturales de la scène de la Crucifixion ? Les choix dramaturgiques et esthétiques de chaque créateur seraient ainsi mieux perçus et cet épisode fondateur retrouverait – en toute laïcité – sa place nécessaire dans le cursus des élèves comme élément essentiel dans la construction d'une culture qui s'élabore pour déchiffrer et interpréter le monde.

Prolongements

- ***Lisez la nouvelle n° 15 « L'Évangile selon Marc » de Jorge Luis Borgès, Classiques BL* Bonnes nouvelles, *p. 93-98. Quels éléments du texte évangélique y retrouvez-vous ? Tentez de définir la stratégie narrative mise en œuvre dans ce récit de Borgès.***

VIII. « À S'Y MÉPRENDRE » de VILLIERS DE L'ISLE-ADAM

Pour le lecteur cultivé, le nom de Villiers de l'Isle-Adam est lié aux *Contes cruels,* à l'influence de Baudelaire et de Poe, à l'idéalisme, au symbolisme. Nombres d'élèves de Seconde et de Première étudient « L'intersigne » ou « Véra » en vue d'appréhender le genre fantastique (voir Parcours de lecture « Contes fantastiques », n° 22). La haine que l'auteur de *Tribulat Bonhomet,* nom d'un personnage récurrent dans les récits de Villiers, voue au positivisme semble un des thèmes dominants de cette œuvre. Le nom de l'auteur crée ainsi un horizon d'attente riche où se mêlent confusément des représentations sur le genre, le registre, les influences littéraires, les thèmes et le climat du texte à lire... « À s'y méprendre », très court récit paru en 1883, répond-il à ces attentes diffuses ?

❑ Éléments pour une interprétation

Le lecteur qui découvre d'une traite la nouvelle de Villiers est saisi comme d'un vertige. Le premier lieu longuement évoqué (la salle sous la lumière livide) lui paraît étrange. À peine l'a-t-il identifié, souvent de manière vague, que le voici plongé par des phrases qu'il perçoit comme rigoureusement identiques dans un autre décor situé à quelques kilomètres du premier, sans qu'il soit capable de concevoir l'unité de l'ensemble. La découverte du second lieu le trouble et l'inquiète : a-t-il bien lu ? l'éditeur n'a-t-il pas commis d'erreur ? est-ce ou n'est-ce pas la même chose ? Comme le souligne le narrateur lui-même, chacun paraît « ramené, après tant de circonvolutions, simplement à son point de départ. ». Semble ainsi se mettre en place une esthétique de la similitude et du dérangement, de la répétition et de la surprise, du cheminement rationnel et de l'insolite... Pour bien interpréter le texte, il faut tenter d'en définir l'écriture, l'appartenance générique, la singularité du registre.

• « Tableaux parisiens » (Baudelaire, *Les Fleurs du Mal*, 1857)

Le récit suit un parcours spatial nettement localisé : « les quais » de « La Seine », « les ponts », le « bâtiment carré », les « boulevards », le « passage de l'Opéra », le « café » constituent autant de croquis parisiens évoqués par « une grise matinée de novembre ». La narration balise les étapes de cet itinéraire parisien :

– marche le long des quais et découverte du bâtiment,
– rencontre avec « les hôtes de cette demeure »,
– en voiture le long des boulevards et entrée dans le café,
– vision des individus attablés,
– retour chez soi.

Le récit s'ancre ainsi dans la réalité la plus précise : une carte de Paris se dessine sous nos yeux ; les conditions météorologiques sont clairement indiquées ; le personnage-narrateur semble avoir une vie sociale et des occupations définies : ne se rend-il pas à « un rendez-vous d'affaires » ?

Cependant, le climat du texte confère à l'ensemble une tonalité singulière qui semble déformer la réalité. La pluie, le vent, la brume, une lumière livide esquissent une atmosphère froide et humide que l'on retrouve d'un bout à l'autre du récit. Tout baigne dans un climat qui rappelle le spleen baudelairien de « Quand le ciel bas et lourd pèse comme un couvercle… » ou de « Pluviôse, irrité contre la ville entière… ». Un paragraphe l'évoque irrésistiblement par les correspondances entre les éléments naturels et les ombres des personnages fantômes :

« Quelque temps après, aux boulevards, le temps me sembla plus couvert, faute d'horizon. Les arbustes, végétations squelettes, avaient l'air, du bout de leurs branches noires, d'indiquer vaguement les piétons aux gens de police ensommeillés encore. »

Identiquement, le « bâtiment carré » semble « dressé dans la brume comme une apparition de pierre ». Une « buée morne et fantastique » l'enveloppe. C'est dès lors une perception de la réalité subjective et comme brouillée qui nous est livrée par les yeux du narrateur-témoin. Mais l'étrangeté de la vision qui évoque un climat « fantastique », propice précisément à des phénomènes d'« apparition » se trouve à son tour déformée par le registre de la narration : le « bâtiment carré d'aspect bourgeois » apparu dans la brume, loin d'inviter à l'inquiétude, voire à la peur, rassure : « je lui reconnus, tout de suite, un certain air d'hospitalité qui me rasséréna l'esprit ». Les champs lexicaux construisent deux réseaux antithétiques. Les expressions « bruine froide », « passants noirs », « idées [...] pâles et brumeuses », « une apparition de pierre », « buée morne et fantastique » suggèrent un décor physique et un climat mental où le vent qui cingle s'allie aux affres de l'âme (« la préoccupation » [...] me harcelait l'imagination »). Le réseau de la mondanité et de la galanterie fait surgir un univers où l'élégance des manières sied à la désinvolte liberté de la démarche : ainsi de l'entrée dans la demeure... L'effet de brouillage du ton souligne le caractère insolite de ce début de nouvelle.

La déambulation dans Paris et l'ancrage dans la réalité subverti par un regard original placent l'ensemble sous le signe des « Tableaux parisiens » dont Baudelaire, « le Rôdeur parisien » (premier titre du Spleen de Paris), a composé une section dans *Les Fleurs du Mal*. Cette filiation est rendue patente par l'épigraphe empruntée au poème « Les Aveugles », sonnet des « Tableaux parisiens ». Sans doute cette revendication doit-elle permettre d'avancer dans l'interprétation du récit de Villiers.

Prolongements

- ***Lisez dans « Le Spleen de Paris » de Baudelaire les poèmes en prose suivants et comparez leur incipit avec des passages du récit de Villiers : « Chacun sa chimère », « À une heure du matin », « Mademoiselle Bistouri ».***
- ***Voici le premier quatrain du poème « Les Aveugles ». Quels thèmes ou quelles images retrouve-t-on dans le récit de Villiers ?***

« Contemple-les, mon âme ; ils sont vraiment affreux !
Pareils aux mannequins ; vaguement ridicules ;
Terribles, singuliers comme les somnambules ;
Dardant on ne sait où leurs globes ténébreux. »

• « La chambre double » (*Petits Poèmes en prose*, Baudelaire, 1869)

L'entrée dans le bâtiment hospitalier s'apparente à une entrée dans « le monde ». L'état d'esprit, la tenue vestimentaire sont ceux d'un dandy, brillant causeur, improvisateur de talent, prêt à présenter ses civilités de la façon la plus galante à la « maîtresse de maison ». Un terme, placé en relief par la césure de la ponctuation et sa dernière place dans la phrase et le paragraphe, suffit à produire le changement tonal ou modal : « j'entrai, souriant [...] le jour tombait, livide. » L'adjectif vaut autant pour la lumière que pour le teint des hôtes singuliers de la demeure. Il colore l'ensemble qui s'apparente ainsi à un tableau (on songe à Paul Delvaux) dont les éléments ne nous seraient pas donnés dans une unité signifiante, mais comme détachés l'un de l'autre. La description s'organise ainsi en cinq versets qui focalisent le regard sur des détails : des vêtements sans corps, des tables, des personnages, leurs visages, des papiers. Les termes choisis entretiennent l'ambivalence et l'erreur. Les vêtements, associés aux cache-nez et aux chapeaux, pourraient être les manteaux que l'on abandonne à un vestiaire avant d'entrer dans un salon. Les tables de marbre pourraient dénoter un décor luxueux. L'attitude des personnages prête à équivoque. Certes ils ont « les jambes allongées », mais le narrateur retient ou déforme l'information la plus probable : ils sont couchés tout du long. Ils sont présentés « la tête levée », mais le participe est ambigu : la tête est « levée » au ciel ou au plafond. Le modalisateur « paraissaient » atténue le commentaire sur une méditation bien improbable ; mais l'évocation de leur « air positif » renforce l'impression que ces personnages, loin d'être morts, sont vivants. La présence à leur côté des portefeuilles ouverts intrigue. Et c'est sous une forme métaphorique que la solution de l'énigme, rassemblant tous les éléments épars, est donnée in fine : « Et je reconnus alors que la maîtresse du logis […] n'était autre que la Mort ». Le lieu peut dès lors être identifié sans erreur possible : l'espace décrit était celui de la Morgue parisienne, sise en effet sur les bords de la Seine.

Les personnages sont des morts, pour la plupart des suicidés qui ont « assassiné leurs corps », et les robinets morbides sur lesquels se porte le regard final permettent par un arrosage continuel la conservation des cadavres. Le caractère macabre de cette scène semble perpétuellement corrigé par la qualité du regard. Son acuité s'accroche à des éléments très précis de la réalité – ainsi des « bruits des robinets de cuivre scellés à la muraille » – et en même temps une sorte de détachement ironique met à distance l'horreur : un vocabulaire très recherché, raffiné, habille la réalité sinistre comme l'emploi de « obombrés », « appendus », ou de l'expression « mes hôtes » pour évoquer les corps sans vie.

Le second lieu apparaît à la lecture comme le double du premier. On y retrouve à première lecture les mêmes termes, les mêmes constructions syntaxiques. Le rapprochement entre les deux décors se fait d'abord par la similitude des éclairages : une source de lumière coule d'un « vitrage supérieur », blafarde. Les premiers mots identiques qui ouvrent le second pan du diptyque composent une proposition coordonnée : « et me trouvai de plain-pied ». Or, ironie de la narration, c'est précisément à cet instant que le lecteur perd pied, perd ses repères habituels. La répétition à l'identique, loin de rassurer, soulève l'inquiétude et perturbe. Les conventions qui veulent qu'à chaque lieu différent corresponde une description singulière ne sont plus respectées. Seule une relecture attentive, crayon en main, permettra de déceler les infimes différences entre les deux pans. Ce qui frappe et égare l'esprit d'abord, c'est la parfaite similitude. Des hypothèses surgissent : ce café, précisément situé, serait-il rempli lui aussi de cadavres ? Sommes-nous restés à la Morgue ? La raison du témoin-narrateur se brouille-t-elle ? L'effet de trouble est accentué par la duplication même des phrases et de leur progression : loin des conventions du genre romanesque, la reprise quasi textuelle d'un pan entier de la narration apparente ici la prose narrative à la poésie, fondée sur la répétition et les écarts. La présentation typographique, que le doublement même rend plus signifiante, semble juxtaposer les touches ou les détails d'une réalité morcelée, que le regard aigu décompose. Et elle assimile davantage encore le texte à un poème en prose.

L'explication rationnelle survient. La construction de la narration a cherché à créer, artificiellement mais non sans habileté, un parallèle entre les morts réels de la première demeure et les morts vivants du second espace. La réalité sociale des hommes d'affaires attablés au café apparaît déformée par le premier « coup d'œil » : les vivants affairistes sont plus « sinistres » que les morts précédents, plus morts encore. Le titre trouve sa pleine justification : les deux univers et leurs hôtes se ressemblent « à s'y méprendre ». Une sorte de morale conclut prestement le récit dont l'unité d'ensemble se recompose clairement. La visite impromptue à la Morgue n'était que le prélude à l'assimilation entre les gens d'affaires vivants et les personnes suicidées. La juxtaposition des deux univers sert de révélateur, si bien que le regard du personnage dévoile la réalité, la dénude crûment et dénonce l'imposture : tous ces bourgeois bien vivants, repus et attablés, sont plus morts que les cadavres du bâtiment hospitalier ; ils ont « depuis longtemps, assassiné leurs " âmes " ». Le narrateur, double de l'aristocrate ruiné Villiers de l'Isle-Adam, exprime ainsi son exécration du monde bourgeois, nourri de positivisme, assoiffé d'argent, ennemi du rêve. La solitude et le mépris des « affaires » deviennent la seule hygiène possible, le seul art de vivre. Le motif initial des « aveugles » s'enrichit d'une valeur métaphorique. « Les yeux fixes » des morts annoncent « les regards sans pensée » des hommes d'affaires, symbole de leur aveuglement philosophique et de leur mort au monde sensible.

Prolongements

◆ ***L'héroïne éponyme du roman de Villiers* Claire Lenoir *(1867) doit protéger ses yeux, atteints d'une maladie, par d'épaisses lunettes. Voici deux extraits de ce récit. Quelle interprétation permettent-ils de préciser sur le choix de l'épigraphe des « Aveugles » ?***

- « [...] elle me laissa considérer ses *Yeux*. Ils étaient d'un éclat si vitreux, si interne, que le regard avait le froid de la pierre ; ils faisaient mal. »

- « Et la Mort commença voilant l'Impénétrable, à rouler ses ombres profondes sur ces "*Yeux*". » (dernière phrase du roman)

• « Histoires insolites » (Villiers, 1888)

La brièveté du genre, l'étrangeté des thèmes, des décors, de la structure conduisent inévitablement le lecteur à parcourir le texte à nouveau. Il découvre alors des insistances ou des écarts à partir desquels il peut approfondir sa perception.

*** L'espace**

Nous ne reviendrons pas sur le décor extérieur des boulevards parisiens battus de pluie. Limitons l'analyse aux deux espaces intérieurs. Comment s'organisent-ils ?

« j'entrai, souriant, et me trouvai de plain-pied, devant une espèce de salle à toiture vitrée, d'où le jour tombait, livide. » (Première partie)

« Je tournai donc le bouton de la porte et me trouvai, de plain-pied, dans une salle où le jour tombait d'en haut, par le vitrage, livide. »

Les écarts nous intéressent ici moins que les constantes. On peut en relever trois : le passage brutal d'un univers sombre à un autre éclairé ; l'égalité des niveaux ; l'origine de la source lumineuse. Ces trois éléments apparentent les deux lieux à un décor de théâtre et dès lors assimilent la réalité à un spectacle, le narrateur à un spectateur, les humains à des personnages, la vie à la représentation d'un songe. La référence intertextuelle inscrite au cœur du récit se justifie dès lors pleinement : « la vie est un songe » cite le titre de la pièce baroque de Calderon. Une autre insistance peut être mise en relation avec cette interprétation : la récurrence du motif de la vitre (« toiture vitrée », « à travers la vitre » du fiacre, « le vitrage », « la porte vitrée » de la brasserie). Entre le monde artificiel de la prétendue réalité et le narrateur, s'interpose la vitre, à la fois transparence et écran. On notera que, à aucun moment, le narrateur n'indique qu'il pénètre dans l'un ou l'autre des deux espaces. Spectateur extérieur, il regarde, « considèr(e) », scrute, perce à jour, mais ne se mêle pas : « Les passants, à travers la vitre, me donnaient l'idée de l'eau qui coule. »

*** L'ethos du narrateur**

Le narrateur présente ainsi une vision subjective du monde, par laquelle il révèle ses choix esthétiques, moraux, philosophiques. L'attitude finale exprime sa détestation des affaires, son mépris hautain pour les bourgeois. Cette position parcourt le texte en filigrane et la relecture permet d'en suivre le fil. Le monde des humains apparaît d'emblée frappé d'un discrédit, la laideur et le grotesque, qui interdisent toute tendresse :

« Des passants noirs, obombrés de parapluies difformes, s'entrecroisaient. [...] le vent cinglait brusquement les chapeaux, que leurs possesseurs disputaient à l'espace avec ces attitudes et ces contorsions dont le spectacle est toujours si pénible pour l'artiste. ».

Les gisants de la Morgue sont évoqués, « l'air positif » : la formule épingle à l'évidence les tenants du « positivisme », école de pensée rationaliste honnie de Villiers de l'Isle-Adam, qui hait l'utilitaire et le pragmatisme et revendique l'idéalisme et le rêve. Le crime qu'ont commis les hommes d'affaires attablés, pétrifiés, à la Brasserie, est bien d'avoir « assassiné leurs âmes ».

La reconnaissance de la « maîtresse de maison », ne s'accompagne de nulle terreur. Familier de « la Mort », le narrateur semble encore la courtiser et n'a que dédain apitoyé pour ces « collégiens en goguette qui avaient besoin de voir la mort pour y croire ».

Haine du bourgeois, refus des affaires, hostilité au positivisme se conjuguent ainsi avec un raffinement affiché du goût, une vision d'esthète, un « flirt » avec la Mort qui font du narrateur – bien plus que de Villiers lui-même – une des figures du dandysme. Mais cette image serait incomplète sans l'attribut essentiel du dandy, l'humour.

*** L'humour**

Les formes d'humour présentes dans le récit de Villiers sont variées. La répétition quasi à l'identique d'un pan entier du texte pose un problème. Citation ou transposition ? Reprise tragique ou auto-travertissement burlesque ? On doit d'abord saluer l'audace narrative et son efficacité. L'artifice apparaît comme plus profond qu'un simple exercice de style. Ne revenons pas sur les similitudes entre les deux tableaux du diptyque ; intéressons-nous aux écarts. Ils portent sur une lettre (« élevée / levée »), un terme (« corps /

âmes »), un groupe nominal (« mes hôtes / ces hommes »), la syntaxe (parataxe ou coordination entre les « portefeuilles ouverts » et les « papiers dépliés »), l'ajout de locutions adverbiales (« depuis longtemps »), une permutation de groupes (« les regards sans pensée » et « les visages couleur du temps »), une ponctuation (« robinets de cuivre, scellés à la muraille »)... Ces dérangements transforment ainsi le texte initial en « hypotexte » dont on suit avec amusement les subtiles variations humoristiques. Ainsi de « Je considérai mes hôtes. » / « Je considérai ces hommes » : le premier complément d'objet confère à ceux qu'il désigne une qualité d'accueil, une cordialité, une urbanité qui s'effacent avec le choix de la seconde expression où s'esquissent le mépris ou la désolation d'appartenir extérieurement à la même espèce dite humaine. Formellement plus réussie peut-être, quoique teintée d'humour noir au goût discutable, l'évocation conjointe du liquide épandu par les robinets :

« Comme j'écoutais le bruit des robinets de cuivre, scellés à la muraille et destinés à l'arrosage quotidien de ces restes mortels »

Insérée dans le premier contexte, la phrase évoque l'eau qui permet de rafraîchir les cadavres. Dans le second, c'est la bière qui coule à flots, autre manifestation de « l'arrosage quotidien de ces restes mortels. ». La polysémie de tous les termes permet de jouer sur les mots et de proposer de deux réalités totalement opposées la même vision, crue ou cruelle.

*** La question du genre**

« Conte cruel » ? Nouvelle fantastique ? « Histoire insolite » ? Poème en prose ? À quel genre appartient ce récit de Villiers de l'Isle-Adam ? Poser la question c'est constater que ce texte déroute précisément parce qu'il déjoue les attentes et laisse le lecteur perplexe.

Repères

THÉORIE DES GENRES

Pour simplifier le problème complexe des « genres littéraires », des critiques et théoriciens ont choisi « de constater empiriquement l'existence, à un moment donné, d'un système de genres qui constitue une sorte d'horizon d'attente guidant à la fois la création de l'œuvre par l'auteur et sa réception par le lecteur. Les genres ne sont plus alors des archétypes idéaux mais des catégories empiriques permettant que se noue, entre auteur et lecteur, un contrat de lecture. » (Alain Boissinot, *La problématique des genres,* in n° 79 « Classes de textes / Textes en classe », Revue *Le Français aujourd'hui,* sept. 1987)

« Les genres littéraires ne sont pas des êtres en soi : ils constituent, à chaque époque, une sorte de code implicite à travers lequel, et grâce auquel, les œuvres du passé et les œuvres nouvelles peuvent être reçues et classées par les lecteurs. C'est par rapport à des modèles, à des « horizons d'attente », à toute une géographie variable, que les textes littéraires sont *produits* puis *reçus*, qu'ils satisfassent cette attente ou qu'ils la transgressent et la forcent à se renouveler. » (Philippe Lejeune, *Le Pacte autobiographique,* 1975)

Cette nouvelle est insérée dans le recueil des *Contes cruels.* La trame narrative est trop évidente pour qu'on s'y arrête. C'est moins l'appartenance générique qui pose problème dans un premier temps que l'identification du registre, du climat, de la tonalité du récit. Il n'appartient pas, à notre sens, au fantastique, car l'hésitation n'est guère de mise. L'artifice littéraire réussi de la juxtaposition des deux réalités antithétiques (la Morgue et le Café) est patent et nul ne peut imaginer que les deux univers se confondent réellement. La cruauté serait celle du regard aigu et du jugement qui pourfend les conceptions positivistes et pragmatiques.

Une catégorie semble résoudre la question du genre et le problème du registre : c'est celle du « poème en prose ». Les définitions suivantes pourront aisément nous en convaincre.

« On appelle poème en prose une composition fondée (en dehors de tout souci de rimes ou de vers, puisque la présentation typographique est effectivement celle de la prose), sur des structures récurrentes formant une unité, avec des recherches de cadence, de sonorités d'images, selon un langage que Baudelaire définit comme :

> "une prose poétique, musicale, sans rythme et sans rime, assez souple et assez heurtée pour s'adapter aux mouvements lyriques de l'âme, aux ondulations de la rêverie, aux soubresauts de la conscience." »

Michèle Aquien, *Dictionnaire de poétique,* Livre de Poche Usuels n° 8073, 1993

La thématique de la ville apparaît d'emblée intimement liée au genre du poème en prose : « C'est surtout de la fréquentation des villes énormes, c'est du croisement de leurs innombrables rapports que naît cet idéal obsédant. », affirme Baudelaire dans sa dédicace à A. Houssaye des poèmes en prose. Todorov dans *Les genres du discours* voit dans la dualité, tant thématique que structurelle, l'essence du genre où jouent ambivalences, antithèses, dédoublements, symétries et dissymétries. Et Alain Boissinot donne cette définition qui réunit réflexion générique et réception de l'œuvre : « Trouvant sa définition dans la remise en cause permanente des formes établies (genres ou types de textes), échappant par là même à toute approche normative, le poème en prose apparaît donc comme le lieu d'une incessante ambiguïté, qui sollicite sans fin le travail de la lecture » (in « Convergences sur Baudelaire », *Le Français aujourd'hui* n° 92). Motif de la ville et singulièrement de Paris, « fourmillante cité, cité pleine de rêves » (Baudelaire), structure binaire qui met en correspondance et en tension des tableaux parisiens opposés et complémentaires, composition fondée sur des reprises et des variations, mélange des registres et des genres, tous ces éléments concourent à faire du récit de Villiers un poème en prose... à s'y méprendre.

Prolongements

- ***Dans son roman* À rebours *(1884), Huysmans voit « dans le tempérament de Villiers » « un coin de plaisanterie noire et de raillerie féroce, [...] un bafouage d'un comique lugubre [...] un esprit de goguenardise singulièrement inventif et âcre. Toute l'ordure des idées utilitaires contemporaines, toute l'ignominie mercantile du siècle, étaient glorifiées en des pièces dont la poignante ironie transportait des Esseintes [le héros de* À rebours*]. ». Comment ces thèmes et cette tonalité se retrouvent-ils dans* À s'y méprendre *?***

- ***« Alors que le fantastique impose toujours, plus ou moins, une rupture avec la réalité, l'insolite s'accommode de ce réel, il y puise ses sources d'inspiration, il le recherche, non pour le reproduire et se soumettre à lui, mais pour en donner une image neuve, différente de nos habitudes mentales et sociales, et par là souvent plus juste et plus vraie. [...] Une imagination perpétuellement inventive s'empare des lieux et des objets de notre existence quotidienne, les transforme, à notre surprise, et souvent pour notre plaisir. L'insolite est une école, il nous apprend à voir* autrement*, il renouvelle notre expérience du monde. [Et] Seule la cruauté est capable d'opérer ce déplacement du point de vue d'où naîtra, dans le regard plus que dans la chose regardée, le véritable insolite. Elle renouvelle notre rapport à l'existence et aux êtres, elle lève les masques, fait éclater les conventions de tous ordres, les bons sentiments, toutes les hypocrisies. Elle est révulsive et tonique, elle apprend à voir clair. Il y a une hygiène de la cruauté. »***
Commentez* À s'y méprendre *à la lumière de cette définition de J. Noiray, in* Claire Lenoir et autres contes insolites*, GF Flammarion, 1984, Introduction.

❑ Pistes pédagogiques

Comme pour toute lecture méthodique, mais ici plus que jamais, il conviendra de partir des réactions des lecteurs. Sans prétendre les prévoir toutes, on peut recenser les plus attendues : incompréhension, étonnement, émotion, prise de conscience de la structure répétitive, perception du thème de la Mort, sensibilité au climat automnal, haine du bourgeois. Ce matériau disparate permettra de construire le projet de lecture. On demandera aussi aux élèves de justifier le titre.

L'exploitation didactique du texte peut suivre le déroulement précédent. On peut encore utiliser les outils éprouvés. L'analyse du cadre spatio temporel a ici sa pleine valeur et constituerait un des axes de la lecture. La recension de tous les lieux, leur identification, puis l'étude plus attentive des deux espaces majeurs permettent de mettre en place la progression narrative de la déambulation, la structure binaire de la composition picturale. La comparaison des deux pans identiques mesure les insistances et les écarts. Le sens moral de la narration s'éclaire par l'examen de l'attitude finale du narrateur dont on tracera en remontant dans le texte le portrait moral. Ses choix esthétiques, philosophiques, politiques au sens étymologique du terme apparaîtront par les repérages mis en place dans les « éléments pour l'interprétation » précédents. On évaluera cette phase en demandant d'expliciter et de justifier le choix de l'alexandrin de Baudelaire extrait des « Aveugles ».

La réflexion sur l'appartenance générique pose plus de problème. On peut partir de l'épigraphe empruntée à Baudelaire, d'une définition de la poésie, ou plus sûrement de la dédicace de Baudelaire « À Arsène Houssaye » du « Spleen de Paris ». On prolongera l'étude du texte de Villiers par celle d'autres récits extraits des *Contes cruels* par la lecture d'autres « poèmes en prose » comme celui qui suit.

Prolongements

◆ ***Comparez le récit de Villiers avec le poème en prose suivant, extrait du* Spleen de Paris *de Baudelaire :***

Le tir et le cimetière

A la vue du cimetière, Estaminet. – « Singulière enseigne, – se dit notre promeneur, – mais bien faite pour donner soif ! À coup sûr, le maître de ce cabaret sait apprécier Horace et les poètes élèves d'Épicure. Peut-être même connaît-il le raffinement profond des anciens Égyptiens, pour qui il n'y avait pas de bon festin sans squelette, ou sans un emblème quelconque de la brièveté de la vie. »

Et il entra, but un verre de bière en face des tombes, et fuma lentement un cigare. Puis, la fantaisie le prit de descendre dans ce cimetière, dont l'herbe était si haute et si invitante, et où régnait un si riche soleil.

En effet, la lumière et la chaleur y faisaient rage, et l'on eût dit que le soleil ivre se vautrait tout de son long sur un tapis de fleurs magnifiques engraissées par la destruction. Un immense bruissement de vie remplissait l'air, – la vie des infiniment petits, – coupé à intervalles réguliers par la crépitation des coups de feu d'un tir voisin, qui éclataient comme l'explosion des bouchons de champagne dans le bourdonnement d'une symphonie en sourdine.

Alors, sous le soleil qui lui chauffait le cerveau et dans l'atmosphère des ardents parfums de la Mort, il entendit une voix chuchoter sous la tombe où il s'était assis. Et cette voix disait : « Maudites soient vos cibles et vos carabines, turbulents vivants, qui vous souciez si peu des défunts et de leur divin repos ! Maudites soient vos ambitions, maudits soient vos calculs, mortels impatients, qui venez étudier l'art de tuer auprès du sanctuaire de la Mort ! Si vous saviez comme le prix est facile à gagner, comme le but est facile à toucher, et combien tout est néant, excepté la Mort, vous ne vous fatigueriez pas tant, laborieux vivants, et vous troubleriez moins souvent le sommeil de ceux qui depuis longtemps ont mis dans le But, dans le seul vrai but de la détestable vie !

IX. « LE CHAT DU CHESHIRE » d'ANTONIO TABUCCHI

On peut supposer qu'au fil de la lecture des textes du parcours, les lecteurs ont affiné leur savoir-faire, du moins pour aborder ce genre particulier qu'est la nouvelle. Ils ont dû apprendre notamment à croiser les hypothèses permises par le titre avec d'autres indices, tels que le nom de l'auteur. L'italianité (pour reprendre un néologisme de Barthes) du nom Tabucchi associée à la « britannicité » du titre et, pour les connaisseurs, au félin fantaisiste de Lewis Carroll a de quoi intriguer.

❑ Éléments pour une interprétation

• Alice et le Chat du Cheshire

D'emblée le titre surprend et séduit. Dans la traduction française du texte de Tabucchi, les sonorités de ce groupe nominal produisent un effet singulier, créant un climat de mystère léger, de silence feutré traversé de chuchotis. L'explicitation vient très vite dans le texte, à la fin du premier paragraphe et dans le deuxième. Le titre fait référence à un personnage du récit de Lewis Carroll, *Alice au pays des Merveilles* (1865). La femme du récit porte le prénom de l'héroïne de Carroll et surnommait le narrateur « Chat » à cause de son sourire. Mais cette interprétation n'est possible que si le lecteur a précisément en mémoire les caractéristiques du chat du Cheshire, aussi dénommé dans la traduction française utilisée (Folio Junior) « Chat du comté de Chester » (Chester est une ville du Cheshire, région située au centre-ouest de l'Angleterre). Les premières lignes du passage où apparaît Le Chat du Cheshire sont tout à fait dans la veine de l'histoire d'Alice :

> [...] elle fut quelque peu saisie de se trouver en présence du Chat du Cheshire, perché sur la branche d'un arbre, à quelques mètres d'elle.
>
> En voyant Alice, le Chat ne fit rien que sourire. Il avait l'air, estima-t-elle, d'avoir un caractère charmant ; pourtant il possédait de très, très longues griffes et un grand nombre de dents, de sorte qu'elle se rendit compte qu'il convenait de le traiter avec respect.
>
> « Minet du Cheshire... », commença-t-elle, avec quelque appréhension, à articuler, ne sachant pas du tout si ce nom lui plairait. Mais le sourire du chat s'élargit ostensiblement. « Allons, il est jusqu'à présent satisfait, pensa Alice, qui poursuivit : Voudriez-vous, je vous prie, me dire quel chemin je dois prendre pour m'en aller d'ici ? »
>
> « Cela dépend en grande partie du lieu où vous voulez vous rendre », répondit le Chat.
>
> « Je ne me soucie pas trop du lieu... », dit Alice.
>
> « En ce cas, peu importe quel chemin vous prendrez », déclara le Chat.
>
> « ... pourvu que j'arrive quelque part », ajouta, en manière d'explication, Alice.
>
> « Oh ! dit le Chat, vous pouvez être certaine d'y arriver, pourvu seulement que vous marchiez assez longtemps. »
>
> Alice dut admettre que c'était là une évidence incontestable. Elle s'aventura donc à poser une autre question : « Quelle sorte de gens vais-je rencontrer en ces parages ? »
>
> « Dans cette direction-ci, répondit le Chat en faisant un vague geste de la patte droite, habite un Chapelier ; et dans cette direction-là, ajouta-t-il en faisant le même geste de son autre patte, habite un Lièvre de Mars. Vous pouvez, selon votre préférence, aller voir l'un ou l'autre : ils sont fous tous les deux. »
>
> « Mais je n'ai nulle envie d'allez chez des fous », fit remarquer Alice.
>
> « Oh ! vous ne sauriez faire autrement, dit le Chat. Ici, tout le monde est fou. Je suis fou. Vous êtes folle. »
>
> « Comment savez-vous que je suis folle ? » demanda Alice.

« Il faut croire, répondit le Chat, que vous l'êtes ; sinon vous ne seriez pas venue ici. » […]

Dans *Alice au pays des merveilles,* le Chat du comté de Chester apparaît « doué du mystérieux pouvoir d'apparaître et de disparaître à sa guise, en s'estompant progressivement, comme dans un rêve », note L. Escudé (Parcours de lecture sur *Alice au pays des merveilles*, Éd. Bertrand-Lacoste, 1996). Ainsi, « la tête du chat commença à s'évanouir. » ou « Et, cette fois, il disparut très lentement, en commençant par le bout de la queue et en finissant par le sourire qui resta un bon bout de temps quand tout le reste eut disparu. ». Dans un autre épisode, c'est une curieuse apparition qui s'esquisse, d'abord indistincte, puis qui se dessine en sourire, prélude à l'apparition du Chat. C'est cette propriété, connue du narrateur, qui explique les lignes suivantes : « Mais entre temps, le chat avait disparu, tout à fait comme dans le livre. Peut-être que le sourire était resté, mais rien que le sourire, sans le visage qui commandait ce sourire. ». Sans doute encore, la personnification suivante vient-elle directement du récit de Carroll : « Le temps passe et dévore les choses (...) » (Tabucchi). « Le temps est un être vivant » (L. Carroll). Ainsi le titre et ses explicitations au début de la nouvelle placent-ils la narration sous l'influence merveilleuse et onirique d'*Alice au pays des merveilles.* Ce groupe nominal compose même dans le récit contemporain une phrase nominale sans italiques : cette citation du titre fonctionne comme une association intertextuelle ; ainsi intégrée dans le corps du texte, elle institue une équivalence entre la fiction d'Alice et l'histoire d'amour vécue par le couple. L'insistance de la référence culturelle se prolonge tout au long de la première partie du texte. Il est aisé de recenser les allusions explicites : « Du temps, chat du Cheshire, du temps qui a tout fait évaporer, y compris ton beau sourire de chat d'Alice au pays des merveilles. Et maintenant la revoilà, son Alice au pays des merveilles. ». Ou « Excuse-moi, Chat, ce n'est plus possible. ». On peut encore lire dans le goût que manifeste Alice pour les jeux numérologiques le souvenir des jeux de l'héroïne enfantine de Carroll : le rendez-vous des retrouvailles est fixé « le quinze juillet, à quinze heures » ; le message de rupture date du « 10 / 10 à 10 heures (deux jours avant la découverte de l'Amérique) ». Jeux de mots, mots-valises, jeux sur les signifiants, syllogismes absurdes, calligrammes se bousculent dans le récit de Carroll qui exploite avec jubilation la « fonction poétique » du langage. Citation rigoureuse et répétée d'un titre fameux d'œuvre littéraire, référence précise et insistante à deux de ses personnages, allusion à des singularités de sa fiction ou de son climat, « Le Chat du Cheshire » apparaît bien comme une œuvre autonome dans laquelle le récit de Lewis Carroll s'inscrit « en abyme ».

Repères

L'ŒUVRE LITTÉRAIRE ET SES MISES EN ABYME

« En 1893, Gide écrit dans son Journal : « J'aime assez qu'en une œuvre d'art on retrouve ainsi transposé, à l'échelle des personnages, le sujet même de cette œuvre. Rien ne l'éclaire mieux et n'établit plus sûrement toutes les proportions de l'ensemble. Ainsi, dans tels tableaux de Memling ou de Quentin Metsys, un petit miroir convexe et sombre reflète, à son tour, l'intérieur de la pièce où se joue la scène peinte. Ainsi, dans le tableau des *Ménines* de Velasquez (mais un peu différemment). Enfin, en littérature, dans *Hamlet*, la scène de la comédie ; et ailleurs dans bien d'autres pièces. Dans *Willhem Meister,* les scènes de marionnettes ou de fête au château. Dans *La Chute de la Maison Uscher*, la lecture que l'on fait à Roderick, etc. Aucun de ces exemples n'est absolument juste. Ce qui le serait beaucoup plus, ce qui dirait mieux ce que j'ai voulu dans mes *Cahiers*, dans mon *Narcisse* et dans *La Tentative*, c'est la comparaison avec ce procédé du blason qui consiste dans le premier, à en mettre un second "en abyme". »

Explicitant les exemples livrés dans une première approximation, la référence à l'art héraldique invite ainsi à concevoir la mise en abyme comme un fait de structure intéressant différents systèmes de signes – iconiques, indiciels, symboliques – et susceptible de la définition suivante : est mise en abyme toute enclave ayant pour référent la totalité qui lui sert de cadre. ». Article de Lucien Dällenbach in *Le grand Atlas des Littératures Universalis,* 1990.

Le critique note en outre « qu'une mise en abyme ne se qualifie pas seulement par l'objet qu'elle réfléchit, mais aussi par la nature du rapport analogique qui prévaut entre sujet et objet de réflexion. » (Id.). Il recense « trois modalités réflexives fondamentales » :

– « la réflexion «simple», c'est-à-dire la duplication intérieure symbolisée par l'image du blason dans le blason ou « le modèle réduit » (il en va ainsi pour la plupart des « œuvres dans l'œuvre », telle par exemple la représentation de *Phèdre* dans *La Curée* (1871) de Zola (...) ;

– la réflexion à l'infini emblématisée par les matriochkas ukrainiennes, la boîte de Cacao Droste qui inspire à Leiris un passage fameux de *L'Âge d'homme* (1939), le couvercle de la non moins fameuse boîte de fromage « La vache qui rit », certaines affiches publicitaires (...) ;

– enfin, la réflexion aporistique, c'est-à-dire l'auto-inclusion qui boucle l'œuvre sur soi (...) *Don Quichotte* (1605 - 1614 ?), *Le Docteur Pascal* (1893) de Zola, *Paludes* (1895) de Gide, *Projet pour une révolution à New-York* (1970) de Robbe-Grillet, *Triptyque* (1973) de Claude Simon, *Si par une nuit d'hiver un voyageur* (1979) de Calvino. »

Si *Alice au pays des merveilles* est ainsi mis en abyme dans le récit intitulé « Le Chat du Cheshire », son introduction semble relever de la « modalité réflexive simple » Encore faut-il s'interroger sur le sens de cette duplication insistance et sur les échos de signification qu'elle donne à l'ensemble de la nouvelle.

• À la recherche du temps ancien : « en arrière vers où ? »

En quoi la réminiscence d'*Alice aux pays des merveilles*, inscrite en toutes lettres et à de nombreuses reprises dans le texte de l'auteur italien, aide-t-elle à le lire ? Comment oriente-t-elle notre interprétation ?

Quelle « histoire » raconte le texte ? Un « homme de quarante ans » a naguère aimé une dénommée Alice ; un jour, elle l'a quitté pour aller vivre en Amérique avec un autre homme, semble-t-il. Cette « belle histoire », « une époque de merveilles », est vivement rappelée à son souvenir par un message qu'a laissé par Alice sur son répondeur : elle lui fixe un rendez-vous « le quinze juillet, à quinze heures, gare de Grosseto ». La rencontre n'aura pas lieu. La nouvelle est le récit intérieur du voyage de deux heures qui conduit le personnage masculin de Rome à Grosseto, de son présent à son passé. Le lecteur partage la même curiosité que l'homme–Chat : « il faut que tu fasses des hypothèses ». Comment sera Alice ? pourquoi l'a-t-elle appelé ? Le couple ancien se reconstituera-t-il ? Une évidence semble guider la lecture : l'homme, non sans « appréhension », se rend au rendez-vous : chacun comprend dès lors qu'il souhaite retrouver Alice. Le soin qu'il apporte à sa toilette programme le rendez-vous amoureux. Or, arrivé à Grosseto, il ne descend pas : il ne reverra pas Alice, elle-même invisible. Cette chute crée un effet de surprise. La narration épouse le double rythme, linéaire du voyage ferroviaire, éclaté du surgissement des souvenirs : elle semble précipiter le mouvement vers un accomplissement, celui des retrouvailles, heureuses ou décevantes, avec Alice. Or, la relecture, la mise en relation de différents indices convainquent que cette « happy end » n'est qu'un effet de notre projection intime. Tout le texte en fait, insidieusement, dit l'évidence de l'échec, l'impossibilité de la rencontre, le refus du personnage de revoir Alice. Placée sous le signe d'*Alice au pays des merveilles* et du « chat du Cheshire », la nouvelle ne saurait être le récit de la reconstitution du passé, mais la narration de la peur de l'affronter et de l'impuissance à le recréer.

– Le chat du Cheshire

Le personnage, que le choix narratif de la focalisation interne rapproche du lecteur, a été le « chat du Cheshire ». Mais sans doute ne l'est-il plus : « Et le mot chat lui-même, englouti lui aussi par les années [...] ». Il a changé : le regard dans la glace (fin du premier paragraphe), la minutieuse toilette (début de la deuxième section) expriment la même réalité, celle du vieillissement : « peut-être cela lui donnerait-il l'air plus frais. ». Par trois fois, il se re-essaie à sourire comme autrefois : mais « finie la malice, fini le jeu, fini l'air de se moquer de la vie. Rien à voir avec le chat du Cheshire ». À la lettre, le cœur n'y est plus. Il ne peut retrouver que dans un reflet pâle la vague esquisse du sourire du Chat d'Alice. « Mais entre-temps le chat avait disparu, tout à fait comme dans le livre. » Ces tentatives et leur échec frappent d'inanité l'entreprise des retrouvailles et le voyage lui -même.

Toute la nouvelle est placée sous le signe du temps destructeur : « Après tant de temps. Tout a été englouti par les années. » ; « Le temps passe et dévore les choses ». Comme il modifie les visages et les corps, il marque de son empreinte les objets et les souvenirs : « Le petit mot [...]. Il était jauni aux pliures et avait fini par se déchirer au milieu. ». Signe de rupture, la déchirure dit l'irréductible séparation entre les êtres que « le message d'adieu » annonçait sans équivoque. Identiquement, Alice, l'absente, ne sera pas visible à la fin de la nouvelle : cachée ou ayant fui le rendez-vous, elle se révèle un être à jamais disparu, « en allée ».

– *« c'était un jeu »*

Le temps de la fiction est bref : moins d'une heure, celle qui sépare l'arrivée du train à Civitavecchia et le dépassement de la gare de Grosseto. De panneau indicateur en vision fugitive du paysage, le récit suit l'itinéraire précis, rythmé, ponctuel du parcours ferroviaire. Avec malice, l'auteur parsème le texte de repères spatio-temporels qui appartiennent plus à un « indicateur horaire » qu'à une nouvelle de fiction. Cet « effet de réel » relève d'une autre procédé : ancrant le récit dans une contrainte temporelle forte, il semble interdire toute échappatoire. Le voyageur descendra inéluctablement, semble-t-il, à son point d'arrivée prévu. Une accélération du temps rend la rencontre inévitable : « Il n'y avait que dix minutes avant d'arriver à Grosseto. ».

Mais le traitement du temps de la narration bouleverse cette progression linéaire. Une série de retours en arrière – « analepses » selon la terminologie de Genette – projette le personnage et le lecteur dans l'évocation rapide et allusive de la vie passée avec Alice : dans l'ordre d'apparition, l'annonce du retour d'Alice et le rendez-vous donné, vieux de deux jours, l'« époque de merveilles » antérieure de plusieurs années, le mot de rupture daté du 10 /10, la lettre d'explication parvenue un an après… pour s'en tenir à la seule première section du texte. Deux mouvements du temps semblent ainsi en concurrence, figeant le mouvement, contraignant au sur-place : celui progressif qui projette le récit vers l'avenir (la gare, la rencontre, l'amour ?) ; celui, insaisissable, sans repères, d'un passé décomposé. Adjectifs ou verbes donnent aux objets et aux êtres une bizarre impression d'inachevé, d'incertain, de flottant : « la veste […] froissée » ; l'air d'Alice pourrait être « absent et en même temps ébahi » ; le sourire se révèle « forcé et embarrassé » ou « sans le visage qui commandait ce sourire » ou encore « un peu hébété » ; « Sa compagne de voyage s'était endormie » ; « le wagon oscill(e) »… Le motif du sommeil associé à celui de la chaleur parcourt la totalité de la nouvelle, créant une impression de torpeur où s'englue la réalité, figeant le mouvement.

La chaîne lexicale des émotions assure la cohérence dramatique et psychologique de la nouvelle. On ne relèvera pas ici toutes les manifestations de l'inquiétude du personnage, de « l'appréhension » initiale à l'« espèce de panique » à l'approche de Grosseto. Le refus du terme « peur » qui ouvre la nouvelle (« Ce qui après tout n'était pas vrai. Disons plutôt appréhension [...]. Mais de la peur, non ») constitue comme un leurre. Préférant parler de « l'émotion, tout simplement » des retrouvailles, le narrateur semble mettre à distance l'événement à venir et ses propres sentiments, comme s'il en était le maître. Or, le mot peu à peu s'impose, envahissant le champ de la conscience, le corps du personnage, le texte de la nouvelle : « Il sentit que son cœur battait plus vite et il pensa de nouveau à la peur. Mais peur de quoi ? [...] de quoi aurais-je peur ? Du temps, chat du Cheshire, du temps [...] ». « Il sentit de nouveau son cœur se soulever et éprouva une espèce de panique, comme quand on s'aperçoit qu'on est en retard. ». Cette insistance semble en contradiction avec l'attitude du personnage au début de la troisième section : « Il prit la cravate et la noua calmement ». L'adverbe prépare le lecteur attentif à la chute que semble cependant nier l'ajustement vestimentaire : parfaisant son élégance, il semble se rendre au rendez-vous. De fait, son calme marque sa résolution à le fuir, à le laisser passer : « Le quai commença à filer lentement le long du train ».

Plusieurs indices retrouvent une place, comme dans un puzzle qu'on assemble : le choix d'un compartiment vide, le motif du rideau tiré et relevé, l'apparition du personnage de la vieille dame (quel lecteur n'a cru, l'espace d'une fugitive hypothèse et contre toute vraisemblance, qu'elle était Alice ou sa messagère ?). Images de solitude, d'abandon, de vieillissement, elles dessinent en ombre portée l'avenir de la fiction et du personnage principal. Il n'est pas jusqu'au choix du « dernier wagon », élu à cause de la chaleur étouffante, qui ne puisse apparaître comme un indice : paresse, canicule, fatigue, éloignement s'interposent comme autant d'obstacles entre le personnage et Alice.

Tout dès lors se recompose. Les jeux de miroir, comme dans le récit de Carroll, nombreux dans le texte (« glace de la salle de bains », « glace accrochée au-dessus du siège du milieu », miroir du cabinet de toilettes, vitre fermée de la fenêtre du compartiment, reflets « sur un plan d'eau »), la remontée des souvenirs, jusqu'à ceux des poèmes appris en classe, le motif du « répondeur » où la voix d'Alice se retrouve comme prisonnière, proche et insaisissable, incompréhensible, dessinent un ensemble signifiant qui nourrit le thème de « la présence absente ». Pas plus qu'il n'est possible de retrouver le « pays des merveilles », il n'est possible dans la réalité de passer « de l'autre côté du miroir », titre du récit de Lewis Carroll (1896) dont l'héroïne est toujours Alice. Le voyage en train se lit comme une métaphore d'un itinéraire intérieur où l'on frôle les choses sans jamais les atteindre, comme dans le royaume des morts des récits antiques. La phrase qui ouvre la deuxième section contient à elle seule la totalité de la nouvelle : « Il aurait aimé ouvrir la fenêtre [...] une petite plaque métallique priait de ne pas ouvrir ». Tous les mouvements qui permettraient d'aller à la rencontre de l'autre (sortir, baisser la vitre, se pencher) sont interdits ou impossibles. Cette interprétation métaphorique est inscrite en filigrane tout au long du récit. Le dialogue final avec le contrôleur s'avère particulièrement éclairant : « Il s'arrêta devant lui et lui demanda à quelle heure il y avait un train qui revenait en arrière. [...] en arrière vers où ? ». Jouant avec les champs lexicaux opposés et polysémiques du retard, de l'avance et de l'exactitude, le narrateur avait précédemment constaté : « il était en retard avec lui-même ». L'unité de lieu, huis clos en mouvement, enferme le personnage et condamne le rendez-vous inéluctable à ne pas être.

Ainsi la lecture du texte de Tabucchi révèle-t-elle une œuvre subtile et complexe dont l'interprétation exige une recomposition de même nature. On l'appréciera à sa juste valeur si au lieu de s'intéresser seulement à la fiction, aux personnages et à leur avenir improbable (ils ne sont qu'objets d'encre et de papier !), on la lit et on l'interprète comme une œuvre littéraire, cohérente et pleine, lue intégralement, c'est-à-dire dans son intégrité. Réflexion mélancolique et discrètement ironique, le texte s'avère une « variation » subtile du récit onirique et fantasque de Carroll, et une mise en scène d'une rencontre impossible entre le passé et le présent. Ne peut-on lire une invitation de l'auteur lui-même à dépasser les apparences faussement limpides d'un récit psychologique dans l'énoncé qu'il situe au début de la nouvelle :

« Est-ce que les choses ont un sens ? Peut-être que oui, mais c'est un sens caché, on le comprend après, beaucoup plus tard, ou alors on ne le comprend pas, mais elles ont quand même un sens. »

❑ Pistes pédagogiques

Le récit de Tabucchi est faussement simple et sa transparence nous trompe. Encore cette simplicité ou cette transparence n'apparaissent pas telles à des élèves de lycée. La nouvelle lue, on demandera à chacun de rédiger un résumé de la fiction, présentant la situation et les personnages. Sans doute conviendra-t-il de demander de justifier le titre. Le compte rendu révélera des divergences dans l'appréhension de la fiction, point de départ de l'étude du texte en classe. On s'interrogera sur les différentes hypothèses ou attentes surgies au fil de la lecture : le texte « programmait-il » l'échec du rendez-vous ? l'auteur allait-il faire surgir Alice ? quel rôle attribuait-on à la vieille dame ? le lecteur est-il déçu ?

La lecture méthodique se prolongera par l'analyse du temps. On mettra en valeur la double progression temporelle : linéaire, celle du parcours en train rapproche avec une grande rigueur topographique le personnage du rendez-vous ; éclatée, multipliant les analepses, celle de l'émergence des souvenirs recompose le passé et la fiction antérieure dont on étudiera les différentes étapes, proches et lointaines. On lira ainsi la nouvelle comme la recherche de l'intersection des deux parcours. On fera un sort aux trois faux télégrammes, rédigés ironiquement par le personnage masculin, pour étudier les topoi littéraires et psychologiques qui les sous-tendent : « hypothèse tragique » pour le premier, « cynique » pour le deuxième, « sentimental du style roman à l'eau de rose » pour le dernier. Loin d'expliquer la décision d'Alice et la demande de rendez-vous, ils rendent le personnage fantasque, insaisissable, mouvant. Dès lors, on prélèvera les indices antérieurs qui ébauchent le portrait du personnage féminin. Alors pourra se faire la correspondance explicite avec le personnage de Lewis Carroll dont on donnera à lire un extrait : un des dialogues entre Alice et le chat du Cheshire. Le personnage de l'animal et celui de Tabucchi seront ainsi rapprochés. Les images de l'effacement, du changement, de la disparition qui parcourent le texte seront recensées pour montrer comment elles composent la trame du récit et interdisent toute projection optimiste. On cherchera à rendre compte du traitement des lieux et des objets – wagon, rideau, miroir, vitre – projection d'une conscience blessée refusant de retrouver le souvenir, ou craignant de revivre un passé que le temps a définitivement englouti. En évaluation finale, on peut proposer la phrase extraite d'*Alice au pays des merveilles* :

« Et, cette fois, il disparut très lentement, en commençant par le bout de la queue et en finissant par le sourire qui resta un bon bout de temps quand tout le reste eut disparu. ». En quoi cette citation reflète-t-elle le thème et le registre de la nouvelle de Tabucchi « Le Chat du Cheshire » ?

Prolongements

- ***Composez un choix de textes extraits de l'œuvre de Lewis Carroll,* Alice au pays des merveilles *et* De l'autre côté du miroir *propres à éclairer l'univers de la nouvelle de Tabucchi.***

- ***Lisez le recueil de nouvelles de Tabucchi* Le jeu de l'envers *(Collection 10 /18 n° 2064). Expliquez le titre du recueil.***
- ***Voici le résumé du roman de Michel Butor,* La Modification *(1957 – Éditions de Minuit) tel qu'il figure dans le* Dictionnaire des œuvres et des thèmes de la Littérature française, *de M. Bouty (Hachette, 1985) :***

« Un homme monte dans le train Paris-Rome pour aller annoncer à Cécile, sa maîtresse, qu'il a tout préparé pour l'installer en France ; ce voyage vers Rome devient pour lui un cheminement vers la conscience que son projet est vain.

Le livre est formé des images, des rêveries, des cauchemars, des pensées aussi, qui s'emparent de lui au fil des heures, l'idée originale de Butor étant d'avoir présenté ce discours intérieur à la deuxième personne, " dans une forme intermédiaire entre la première personne et la troisième ".

Ce vous accusateur, qui démasque les secrets et les illusions, donne un tour impitoyable à la description des progrès que le héros fait en lui-même. L'échec d'un voyage à Rome avec sa femme Henriette, bonne bourgeoise chrétienne, étrangère à la Rome païenne de son rêve, la déception que lui a causée un séjour de Cécile à Paris où elle ne semblait plus elle-même, prennent leur sens : " vous n'aimez véritablement Cécile que dans la mesure où elle est pour vous le visage de Rome, [...] vous ne l'aimez pas sans Rome et en dehors de Rome, [...] parce qu'elle y a été [...] votre introductrice [...] ". Reste à déterminer " pour quelles raisons Rome possède (sur lui) un tel prestige "; mais dès ce moment il a renoncé à la décision qui motivait son voyage et cherche comment expliquer cette " modification " à Cécile. Aux abords de Rome, il arrive à la pleine lucidité : son amour pour Cécile se confond avec sa nostalgie de l'ordre romain antique, avec " une croyance secrète à un retour à la pax romana... " Mais l'ordre ancien du monde est à jamais perdu. Conscient que " (leur) amour n'est pas un chemin menant quelque part " et que ses illusions romaines devaient un jour être détruites, le héros songe à chercher une issue dans la rédaction d'un livre.

S'il recourt à une «fiction rusée» (ces termes sont de lui) et se plaît à étirer de grandes phrases sur plusieurs paragraphes, Butor illustre un thème des plus classiques : on ne saurait faire que la réalité ressemble au rêve. »

Vous comparerez le roman de Butor à la nouvelle de Tabucchi en notant différences et ressemblances, tant pour l'intrigue que pour les thèmes abordés.

- ***La nouvelle de Gérard de Nerval,* Sylvie, *offre les mêmes possibilités de rapprochement. En voici le résumé, emprunté lui aussi au* Dictionnaire des œuvres et des thèmes de la Littérature française, *de M. Bouty (Hachette, 1985)***

Cette nouvelle, d'abord publiée en revue en 1853, puis reprise dans le recueil *Les Filles du feu* (1854), est peut-être la plus riche et la plus significative des œuvres de Nerval. Rédigée à la première personne, elle a la valeur d'une confession, et révèle les cheminements secrets de la vie sentimentale de ce poète dont la destinée est dominée par l'irréalisable désir de voir la réalité ressembler au rêve.

Le point de départ du narrateur est une « soirée perdue », d'abord dans un théâtre, pour apercevoir comme chaque soir une atrice en qui il poursuit « une image », puis dans un cercle où deux lignes d'un journal illuminent sa mémoire (comme fera plus tard une petite madeleine pour le héros de *À la recherche du temps perdu*). Cette rencontre accidentelle fait surgir de l'oubli une fête en Valois, devant un château, au temps de son adolescence ; il accompagnait Sylvie, « une petite fille du hameau voisin », mais les règles de la danse placèrent en face de lui « une blonde grande et belle, qu'on appelait Adrienne », et qui l'émut comme n'avait jamais fait Sylvie. « J'emportai cette double image d'une amitié tendre tristement rompue – puis d'un amour impossible et vague, source de pensées douloureuses... ». Il apprit plus tard que la belle venue du château avait été consacrée par sa famille à la vie religieuse (ch. II).

« Ce souvenir à demi rêvé » lui révèle tout à coup ce qu'il cherche au théâtre : « Aimer une religieuse sous la forme d'une actrice !... Et si c'était la même ! » Regrettant d'avoir oublié Sylvie, il décide de partir sur-le-champ pour le Valois (ch. III). Pendant quatre chapitres, la course de la voiture sur la route se double d'un cheminement dans le passé parmi des souvenirs que la distance poétise. L'arrivée à Loisy à la fin d'un bal, dans la lumière du matin (ch. VIII), lui cause la déception propre aux pèlerinages : Sylvie est changée et va se marier avec le Grand Frisé, frère de lait de Gérard, la trace d'Adrienne est insaisissable, le passé est perdu.

Quand, postérieurement à ce voyage, il essaie encore d'en retrouver l'illusion en conduisant l'actrice, Aurélie, dans le pays d'Adrienne, c'est le même échec. Aurélie se détourne de lui : « Vous ne m'aimez pas. Vous attendez que je vous dise : La comédienne est la même que la religieuse; vous cherchez un drame... » (ch. XIII). Plus tard, Sylvie lui apprend la mort d'Adrienne.

Un résumé ne peut rendre la richesse et l'harmonie de cette narration qui livre quelques-unes des clefs du caractère de Nerval : sentimentalité nourrie de Rousseau *(La Nouvelle Héloise)* et de Gœthe (*Werther,* 1774), obsession du passé, peur de la réalité, poursuite de rêves insaisissables, quête d'un paradis perdu et d'un inaccessible amour, angoisse conjuguée avec une religiosité confuse empruntée aux religions initiatiques du monde antique et à l'illuminisme moderne.

Afin de constituer un groupement de textes, vous repérerez trois passages qui illustrent le même thème dans les trois œuvres mises en relation intertextuelle :* Sylvie, La Modification, *« Le Chat du Cheshire ».

X. « CYCLE DE SURVIE »[1] de RICHARD MATHESON

Donner un titre à sa création est une des composantes de la stratégie de construction du sens par le nouvelliste. Que réserve donc un titre comme celui de Matheson, « Cycle de survie » ? Ce que l'on sait de l'auteur américain fait pencher pour un récit placé sous le signe de l'angoisse à cause du mot « survie » mais l'autre nom, « cycle », évoque autant le domaine de la science qu'il laisse espérer une issue.

❑ Éléments pour une interprétation

• L'itinéraire d'une prose

Découvrant la nouvelle, tout lecteur passe par des phases identiques, schématiquement au nombre de trois.

• Les premières lignes imprimées en italiques le projettent dans un univers fortement connoté, celui des romans « à l'eau de rose », où s'accumulent clichés esthétiques, sentiments purs et parfaits, vocabulaire désuet du romanesque le plus éculé. Il triomphe dans la dernière phrase : « De l'horizon, le soleil épandit sa bénédiction sur leur douce étreinte ».

Il s'agit en fait du faux début de la nouvelle qui se révèle être la fin de l'histoire écrite par le personnage-auteur. La rupture introduite par son « vrai » commencement oblige le

1 - Cette nouvelle a été analysée par Gérard Langlade in l'*Œuvre intégrale* (tome 1, CRDP de Toulouse, 1991). La quasi totalité de l'exploitation de cette nouvelle est empruntée à cette étude et aux dispositifs pédagogiques qu'elle préconise. Nous l'avons simplement adaptée ou reformulée dans le cadre du présent parcours.

lecteur à une première rectification de ses hypothèses initiales. Il s'attendait à une histoire d'amour mièvre, teintée de science-fiction (« au pied des tours de cristal », « surfaces polies ») et c'est un récit apparemment plus réaliste qui prend le relais. Cette correction des hypothèses est rendue possible par l'identification des deux genres d'une part, ce qui suppose des savoirs diversifiés sur la littérature, par la saisie des indices de rupture d'autre part : le changement calligraphique et la phrase « Le claquement de la machine s'arrête » font « lire » le texte précédent comme un ensemble autonome, une « citation » générée par la situation que la fiction met en place. Un écrivain écrit le dernier épisode d'un roman.

• La suite du récit déroule ses étapes et chacun s'accorde sur un sens premier. Le texte raconte le cheminement d'une nouvelle ou d'un épisode de feuilleton, de son auteur à son lecteur. On passe par toutes les étapes intermédiaires, par tous les métiers qui interviennent dans cette chaîne qui conduit de l'écriture du manuscrit à la lecture du livre imprimé. Deux types d'indices corroborent cette construction cohérente :

– les repères chronologiques soulignent la succession des diverses interventions professionnelles : l'auteur à midi, le facteur à midi quinze, le rédacteur en chef à quinze heures, l'éditeur à seize heures, vers dix-sept heures pour l'imprimeur, dix-huit pour le vendeur, dix-huit heures trente pour le lecteur.

– les métiers des personnages successifs sont clairement précisés ; chacun se caractérise par les accessoires et les signes distinctifs de son activité : la machine à écrire de l'auteur, la casquette du facteur, le fauteuil de cuir du rédacteur en chef, la visière du typographe.

• La fin du texte lève les ambiguïtés ou les anomalies du récit que le lecteur avisé avait pu pressentir. Ainsi, le temps mis pour boucler le « cycle » (?) qui va de l'écriture de la nouvelle à sa lecture a pu paraître bien court : une après-midi. De même, on ne voit jamais qu'un seul personnage à la fois : les divers personnages ne se rencontrent jamais et ne communiquent que par écrit ou par interphone. Ils présentent tous différents points communs : ils ont tous le même tic de langage (« nom d'un petit bonhomme ») ; plusieurs boitent ou toussent ; ils éprouvent la même admiration pour la prose de Shaggley... Leur nom, indice plus subtil, constitue une variation sur celui de l'auteur Richard Allen Shaggley : Dick et Rick sont deux abréviations (de fait des métaplasmes) de Richard, Al constitue une apocope de Allen, RAS, RA et S sont formés avec les initiales du « nom-thème », l'héroïne du roman inséré est « la belle prêtresse de Shaggley »... Un des derniers paragraphes résout ces mystères : un seul et même personnage, revêtu d'accoutrements ou d'accessoires différents, parcourt la ville et le texte, écrivant, distribuant, imprimant, vendant et lisant le texte qu'il a composé. Ainsi prend sens au moins le premier terme du titre : il s'agit bien d'un « cycle » qui conduit de l'auteur au lecteur-auteur dans une mise en scène pathétique dont on ne comprend la raison que si l'on a construit parallèlement un autre réseau de significations.

• « Cycle de survie »

Le décor dans lequel se déroule cet étrange récit ne laisse pas d'étonner en effet. Du « trou géant en forme d'entonnoir où des tuyaux s'entremêlent » aux « ruines décharnées » et « immeubles consumés », tout est ravagé, anéanti. En dehors du personnage solitaire, pas une âme qui vive : nul être n'est en vue dans « la rue silencieuse ». L'insistance finale sur le « champignon » résout le problème et associe les deux chaînons de l'interprétation : le récit évoque l'aventure du dernier survivant d'une catastrophe ou d'une guerre nucléaires.

Dès lors, le « cycle de survie » est bien celui qui conduit le dernier humain à chercher refuge dans un univers de fiction grâce à la création d'un monde harmonieux. Laissons à G. Langlade le soin de prolonger l'interprétation : « La seule certitude que nous donne la nouvelle, c'est que l'auteur et le lecteur " produisent " et " lisent " sans cesse le même texte : le titre annoncé à la fin de la nouvelle pour l'histoire du lendemain ne peut que concerner l'épisode dont nous avons eu la fin au début de la nouvelle (l'étreinte finale des deux personnages). Deux emplois insolites de l'imparfait (« ce que c'était que de savoir écrire ») confirme cette ancienneté du texte et la valeur répétitive de ses lectures et de ses écritures. La fin de la nouvelle renvoie ainsi au début, comme pour mieux fermer la boucle suggérée par le titre : Cycle de survie » (opus cité, p. 32).

❑ Pistes pédagogiques

Affirmons d'emblée que cette nouvelle est toujours étudiée avec un grand intérêt du cycle central du Collège aux classes post-baccalauréat. G. Langlade suggère deux situations de lecture, selon le public auquel on s'adresse et les objectifs que l'on vise.

– Le texte peut être lu tel quel, sans autre dispositif : c'est pour une telle lecture qu'il a été écrit. Même dans une situation de lecture « normale », pour être correctement interprétée, la nouvelle de Matheson oblige le lecteur à un retour critique sur sa première lecture et à une re-vision / révision de celle-ci. Chacun sera plus ou moins tenu de reconstituer les étapes de construction de sens qu'il a opérée, de prendre conscience de son « parcours de lecture » qui l'a vu émettre des hypothèses, en infirmer certaines, corriger, valider les dernières... On demandera ainsi à chaque élève-lecteur de devenir conscient de sa propre activité de lecture, en indiquant les moments, les expressions, les faisceaux d'indices qui ont créé une attente, confirmé une hypothèse, fait bifurquer, hésiter, repartir sur une autre voie, construire de nouveaux horizons d'attente, fait apparaître une interprétation cohérente et validée.

– Un dispositif didactique simple, visant à ralentir le processus de construction de sens, permet de mettre mieux en évidence les éléments qui interviennent dans son cours et d'en souligner les différentes étapes. Il suffit pour cela de lire le texte à haute voix devant le groupe et de supprimer deux phrases à la fin du texte : celles-là même qui ont permis au lecteur « normal » de découvrir le sens. Les voici : « Pour le moment , c'est l'heure de mettre de côté toutes les affaires, le couvercle sur la machine à écrire, le pardessus râpé, le complet pied-de-poule élimé, la perruque filasse, la visière, la casquette de facteur et la sacoche de cuir, chaque chose à sa place propre. » et « il [...] rêve de champignons. Et, au matin, il se demande une fois de plus pourquoi les observateurs, dans un premier temps, n'avaient rien voulu voir d'autre dans le Nuage qu'un simple champignon géant ». Cette manipulation en situation pédagogique n'a rien de répréhensible. L'objectif s'avère éminemment respectable : il s'agit moins d'amputer un texte – par ailleurs donné à lire dans son intégrité in fine – que de créer une situation artificielle qui puisse éclairer une démarche « naturelle », banale, quotidienne.

Ajoutons que le parcours de lecture diffère sensiblement selon que l'on donne la nouvelle à lire aux élèves ou que le professeur la lit sans que le texte soit sous les yeux de chacun.

Un des autres intérêts pédagogiques de ce texte, notamment au cycle central du Collège, est qu'il permet de travailler sur la notion de « personnage ». On fait relever les différents « personnages » qui interviennent dans la réalisation du livre. Chacun n'existe que parce que l'auteur les a dotés d'attributs sans lesquels ils ne prendraient pas corps et vie : un nom qui les baptise et les singularise, des traits physiques, des caractéristiques langagières (la même en l'occurrence), un habit ou un accessoire qui le détermine, une situation sociale... Cette individualisation participe fortement de l'illusion à laquelle cède le lecteur. Comment penserait-il qu'il n'y a qu'un seul personnage alors même que chacune des apparitions est si fortement singulière ?

Une évaluation simple portera sur les interprétations que chacun donne désormais du titre. Elle permet de rendre compte à la fois de la structure narrative, de la progression dramatique, de la double thématique de la production d'une œuvre et de la destruction d'un monde...

Repères

LA SCIENCE-FICTION

Il n'est guère aisé de définir la science-fiction compte tenu des formes multiples du genre et de son évolution dans le temps et dans l'espace. Des spécialistes comme J. van Herp dans *Panorama de la science-fiction* vont jusqu'à déplorer le choix du terme science-fiction pour lui préférer celui de « roman d'hypothèse » qu'il emprunte à Maurice Renard (*A. B. C. artistique et littéraire,* 1928). Sous cette large rubrique peuvent se ranger quantité d'œuvres entre mythe et légende comme *Gilgamesh,* entre légende et conte comme *L'Odyssée*, des utopies comme « L'Abbaye de Thélème » ou des anti-utopies comme *Le Meilleur des mondes*, des récits satiriques ou humoristiques comme *Micromégas*... et la liste est loin d'être close, surtout si l'on inventorie les avatars du genre à l'époque contemporaine. Retenons notamment que les œuvres dites de science-fiction possèdent des origines fort anciennes et qu'en dépit de leur nom, elles ne procédent pas toujours d'une hypothèse scientifique.

L'énumération des multiples catégories à ranger sous l'étiquette de science-fiction étant aussi malaisée que fastidieuse, il est préférable d'en préciser l'esprit en citant M. Renard :

« Entre les épaisses ténèbres de l'inconnu et le bloc lumineux de notre savoir, il y a une zone extrêmement captivante qui est le domaine de l'hypothèse, contrée fort mince où sont dardés tous les efforts des savants et des philosophes. Là s'agitent les personnages du roman d'hypothèse...

Il est téméraire d'intituler anticipation un roman qui s'efforce de deviner l'avenir. On peut dire tout au plus essai d'anticipation, tant que la prophétie ne s'est pas réalisée... Ce ne sont d'ailleurs pas les ouvrages de cette sorte qui me semblent les plus intéressants parmi les romans d'hypothèse. D'autres me donnent plus de joie... ce sont les romans qui, prenant pour point de départ une supposition judicieusement choisie, examinent les conséquences qui en découleraient selon la logique.

... Seulement, il ne faut pas que l'auteur commette une seule étourderie. À partir du moment où nous avons accepté sa supposition initiale, il a le devoir d'éviter la moindre erreur de jugement ; faute de quoi, l'œuvre retomberait au niveau des contes de fées. Une logique inflexible doit gouverner l'action...

... Si le roman d'hypothèse permet à un Wells d'exprimer, sous forme d'apologues des opinions sociologiques, en revanche beaucoup d'écrivains se sont complus à la travailler sans autre préoccupation que de lui faire exhaler tous les arômes de sa propre nature.

Est-ce à dire qu'un roman d'hypothèse doive se confiner dans l'enceinte du monde physico-chimique ? Loin de moi cette pensée. Les plus belles œuvres du genre, au contraire, sont celles où flottent, comme des effluves éternelles, les vieilles inquiétudes qui ont toujours obsédé les rêveries humaines, hanté notre esprit, étreint notre cœur. Le vent de la destinée souffle sous la porte du laboratoire. Mais l'essentiel n'est point là. L'essentiel réside dans le brouillard métaphysique qui doit s'élever du récit romanesque. »

Prolongements

- ***Parmi les dix-sept nouvelles réunies dans le Classique BL* Bonnes Nouvelles*, lesquelles vous paraissent relever de la « science fiction » ou du « roman d'hypothèse » ?***
- ***Lisez la nouvelle n° 11 « Le Bazar des mondes » (Classiques BL,* Bonnes Nouvelles*, p. 63-71). Faites tous les rapprochements pertinents entre la composition et les thèmes de ce récit et ceux de « Cycle de survie ». Pourrait-on interchanger les deux titres ?***

XI. « LE BAZAR DES MONDES » de ROBERT SHECKLEY

Voilà encore un titre qui fleure le récit d'anticipation, ne fût-ce que par l'analogie avec *La Guerre des mondes* de Wells ou *Le Meilleur des mondes* d'Aldous Huxley ! Toutefois, les connotations du nom « bazar » ouvrent un indéniable et problématique espace de mystère.

❑ Éléments pour une interprétation

• « le long chemin »

La première lecture de la nouvelle suit un cheminement simple en apparence. Un personnage nommé M. Wayne rend visite dans une baraque pompeusement dénommée « Au bazar des mondes » à M. Tompkins, vieux bonhomme soi-disant capable de libérer l'esprit de chacun et de lui faire vivre « l'accomplissement de (ses) désirs les plus intimes. » : le patient pour « rejoindre la terre de ses rêves » doit simplement payer de forts honoraires et accepter de perdre dix ans de sa vie. Wayne, venu avec « son paquet », paraît hésiter et rentre chez lui. Absorbé par son quotidien familial, affectif et professionnel, il laisse passer une année « durant laquelle M. Wayne n'avait guère eu le temps de méditer sur ses désirs les plus intimes ! ». Ainsi pourrait-on résumer les trois premiers quarts de la nouvelle. La narration suit apparemment l'ordre de la fiction : la scène au « Bazar des mondes », puis l'évocation d'une année vécue par Wayne après la rencontre avec le vieux Tompkins. Son rythme s'articule avec le traitement de l'espace :

– le dialogue, rapporté au discours direct, entre les deux personnages, se passe en « temps réel » et constitue une « scène » située dans un lieu unique, défini et clos ;

– un résumé de la fin de journée de Wayne et d'une année de sa vie produit un effet d'accélération, caractéristique du procédé dénommé « sommaire » par la narratologie. Par définition, le « sommaire » multiplie les personnages rencontrés (membres de la famille, compagnons de travail) et les lieux (maison, bureau, loisirs). L'activité de Wayne (agent boursier) amène le narrateur à évoquer un univers plus large : « des événements survenus au Moyen-Orient et en Asie ».

Les attentes du lecteur, quelque variées qu'elles puissent être, s'articulent autour de questions proches : Wayne tentera-t-il l'expérience ? L'expérience réussira-t-elle ? Si oui, quel désir sera-t-il réalisé ? À quel prix ? L'univers générique reconnu est celui de la « science-fiction » dont on retrouve quelques-uns des motifs : une expérience « scientifique » mise en relation avec une théorie physique (« les innombrables mondes parallèles que la Terre expulse à chaque seconde »), un discours « savant » pour justifier les « choses incroyables, extraordinaires », la figure du scientifique peut-être « charlatan », la théorie des « mondes parallèles », le désir d'un autre univers, l'exploration des rêves et des fantasmes, des obsessions refoulées…

Une rupture vient bouleverser le parcours cohérent de la lecture. Un nouveau dialogue entre Wayne et Tompkins fait comprendre que l'expérience a été acceptée, vécue et s'est révélée « très satisfaisante » : le patient vient de re-vivre « un monde d'un passé récent ». S'acquittant des honoraires, il défait son paquet dont le contenu nous est révélé : « une paire de bottes de l'armée, un couteau, deux rouleaux, et trois petites boîtes de viande en conserve. ». Dès lors, l'ordre narratif de la nouvelle se recompose, sans que le lecteur puisse encore clairement resituer les événements les uns par rapport aux autres, sans qu'il puisse analyser le jeu d'imbrication des épisodes précédemment narrés. Une seule certitude : l'année écoulée, la fin de la journée étaient incluses dans le rêve, étaient vécues dans l'expérience onirique proposée par Tompkins. Mais plusieurs questions restent en suspens : où situer le passage de la vie vécue à la vie rêvée dans le corps du récit ? Quand s'opère le basculement ? Et pourquoi le visiteur a-t-il choisi de revivre des événements aussi banals que ceux de sa vie quotidienne ? La fin du texte apporte quelques éléments de réponse.

• « en sens inverse »

Wayne refait « en sens inverse le chemin de gravats grisâtres ». Le décor dépeint est celui, hallucinant, d'un monde ravagé par une guerre dont on découvre au dernier paragraphe qu'elle a été nucléaire. Wayne est un des rares survivants du désastre atomique. Les honoraires payés étaient quelques précieux adjuvants nécessaires à sa survie. Il vit désormais avec l'espoir qu'un jour Tompkins trouvera le procédé qui lui permettrait de rejoindre définitivement « la Terre de ses rêves ».

Le lecteur est nécessairement conduit à relire ou à reparcourir la nouvelle pour recomposer la cohérence textuelle. Dès lors, il est amené à corriger les premières interprétations. La situation initiale et la situation finale se déroulent dans le même univers : les « décombres grisâtres » du début annoncent le « chemin désactivé à travers les décombres » de la fin. Ne peut-on s'étonner que « la seringue hypodermique » soit « rouillée » ? Les précautions de Wayne en route vers le « bazar des mondes » dépeignent moins un homme honteux de la démarche qu'il accomplit que la crainte d'être dévalisé de son précieux « paquet » : l'univers d'après guerre nucléaire semble celui, lugubre et angoissant, d'une guerre civile impitoyable. Le « paquet », dont le lecteur à première lecture a imaginé progressivement qu'il contenait une forte somme d'argent, est bien le même que celui que le héros défait à la fin du texte, une fois l'expérience réussie. La description de la terre que fait Tompkins n'apparaît plus métaphorique, mais pleinement réaliste :

« laisser tomber cette maudite planète rongée par les vers et les rats ». Elle annonce ainsi les dernières lignes du récit, évocation d'un monde envahi par les rats. La cause est entendue : c'est donc la totalité de la nouvelle jusqu'à la rupture signalée qui est le récit du « rêve » de Wayne. La narration a plongé d'emblée le lecteur dans la conscience – ou l'inconscient ? – du héros, désireux de retrouver par une sorte d'anamnèse des bribes insignifiantes d'un passé de bonheur perdu.

Repères

RÊVE ET ANAMNÈSE

– **Rêve.** « Avant d'être analysé par Freud comme la " voie royale " menant à l'inconscient, puis d'être étudié par la neurobiologie moderne, le rêve a toujours occupé une place importante dans la culture.

Dès l'Antiquité, on lui attribue des vertus divinatoires, et il fait l'objet d'une pratique très codifiée, l'oniromancie. Généralement nommé « songe », il constitue un thème très important dans *la Bible*, où il figure une manifestation de Dieu. [...]

Les rêves tissent la doublure nocturne de notre existence et apportent avec eux des images, des sensations ou des sentiments d'une intensité parfois plus grande qu'à l'état de veille. Où se tient la vérité de notre vie ? Les philosophes et écrivains gravitent sans cesse autour de cette question bien résumée par une célèbre parabole taoïste (elle inspira Raymond Queneau pour écrire *Les Fleurs bleues*) : Chuang-Tseu rêva qu'il était un papillon, et il ne savait plus à son réveil s'il était un homme qui avait rêvé qu'il était un papillon ou un papillon qui rêvait en ce moment qu'il était un homme. »

Chapitre « Rêve », in *Les Petits Papiers, Petite fabrique de littérature 3*, Magnard, 1991

– **Anamnèse :** « rétablissement de la mémoire ». Évocation volontaire du passé. (Petit Robert)

« Le mot vient de la religion hébraïque, où il désigne les souvenirs concrets qui remplacent l'expression d'un sentiment ou d'une idée. Utilisé régulièrement en psychanalyse, il signifie la quête par le sujet de sa propre histoire. Mais seule nous intéresse ici son acception littéraire, telle que Roland Barthes la définissait : c'est l'action que mène le sujet pour retrouver, sans l'agrandir ni le faire vibrer, une ténuité du souvenir.

L'anamnèse s'emploie donc à restituer au souvenir toute la finesse de son grain. Pas de récit glorieux (...), mais des bribes illustrant l'aspect disparate et incomplet de la mémoire. Ces petits éclats sont comme les " rushes " du film officiel de notre vie. »

Chapitre « Anamnèse », in *Les Petits Papiers* (op. cité)

Prolongements

- ***En quoi « Le Bazar des mondes » constitue-t-il une illustration de la parabole taoïste de l'homme et du papillon (Voir Repères p. 148) ?***
- ***En quoi l'expérience vécue par le personnage du « Bazar des mondes » relève-t-elle de l'anamnèse ? En quoi en diffère-t-elle ?***

• « une existence simple »

Psychologiquement, la relecture teinte la nouvelle d'une tendresse nouvelle et corrige l'impression qu'a pu donner le personnage au lecteur. Au fil de la première lecture, chacun se demande ce qui pousse Wayne à fuir vers un ailleurs. Il écarte vivement les propositions multiples ou les tentations auxquelles le soumet Tompkins : meurtre, sexe, gourmandise, ivresse, amour, gloire, mort… Son « rêve secret serait une existence simple et idyllique » (« Cela me ressemblerait davantage, admit M. Wayne en riant »). Le lecteur ne pourrait que s'étonner : soit le personnage cache sa vérité, soit par ces mots, il la dévoile et dès lors en quoi ce rêve est-il inaccessible ? Or, le sommaire évoquant sa vie familiale se compose de scènes certes banales, mais faites des « choses de la vie » : épisodes domestiques, moments d'échanges et de tendresse, loisirs heureux… Pourquoi vouloir fuir cet univers ? Quel désir inavoué et peut-être coupable justifie l'abandon d'une famille unie, d'un métier passionnant ? N'est-ce pas la perfection perçue comme factice de cet univers confortable qui explique le désir de M. Wayne ? La fin de la nouvelle et sa relecture renversent totalement ces hypothèses : ce monde de bonheur simple n'est pas fui, mais recherché, reconquis par la vertu de la drogue de M. Tompkins. Dès lors, le personnage n'est plus cet être falot, hésitant, insatisfait de sa vie bourgeoise, mais un être solitaire, survivant dans un monde en ruines, sacrifiant sa fortune et dix ans de sa vie pour retrouver fugitivement la projection du bonheur passé.

On peut enfin voir dans le récit de Robert Sheckley une variation originale sur le mythe de Faust. Célèbre héros de Gœthe (*Faust*, 1808), le docteur Faust passe un pacte avec le diable (Méphistophélès) qui est prêt à lui « escompter les secrets de la vie future sans l'arracher à l'existence réelle » en échange de son âme. Méphistophélès le conduit dans une « cuisine de sorcière » pour boire un breuvage magique qui fera retrouver au vieux savant sa jeunesse. On retrouve dans le récit de science-fiction contemporain plusieurs éléments du scénario faustien : une officine, une drogue, le pacte ou le marché conclu avec un être doué de pouvoirs magiques, le don d'une autre existence fugitive en échange de quelques années de vie, une réflexion sur le temps et le sens de l'existence… Le dialogue qui permet à Tompkins de proposer à son client pouvoir, amour et gloire s'apparente à celui où le diable propose à Faust qui les récuse ces mêmes tentations, avant de lui offrir la jeunesse. Sans doute le désir de bonheur de Wayne apparaît-il plus modeste, plus humblement humain que celui du Docteur Faust qui « n'aspire plus qu'à la connaissance des choses surnaturelles et ne peut plus vivre dans le cercle borné des désirs humains » (Nerval, traducteur du *Faust* de Goethe). Mais le rapprochement permet, semble-t-il, de dépasser le seul plaisir d'une lecture qui surprend et trouble, pour proposer une interprétation qui brasse les grands thèmes du temps, de la mort, de la liberté, de la vie et du rêve. Est-ce un des sens, ironique, voire amer, qu'il convient de donner au titre étrange de ce récit ?

Repères

LE TITRE : SES FONCTIONS, SES SENS ET SES LEURRES

Parmi les « seuils » des textes, un des plus éclairants et auquel la critique ou les théoriciens se sont pour l'instant assez peu intéréssés est bien le titre. Nous limiterons les exemples aux seuls titres de récits.

1. Fonctions. Le titre constitue avant tout un signe différentiel, qui permet d'identifier une œuvre dans son individualité, sa carte de visite en quelque sorte : c'est là sa fonction appellative.

Il livre aussi un certain nombre d'indications sur le contenu (fonction référentielle ou désignative) ; ce rapport peut apparaître en clair *(Maigret à Vichy)* ou en code *(Le Rouge et le Noir).* Le phénomène ne s'inscrit que dans les limites du récit traditionnel. Toute esthétique de la provocation cherchera, au contraire, à créer une distorsion entre titre et texte : *L'Automne à Pékin* de Boris Vian ne parle pas d'une saison, pas plus que de la Chine.

Le titre constitue enfin une incitation à la lecture : c'est sa fonction conative ou publicitaire ; il convient alors de le mettre en relation avec les indications de la première page et de la couverture (nom de l'auteur, de l'éditeur, illustration, collection) qui engendre tout un réseau de significations.

2. Sens. Un certain nombre de titres renvoie à une réalité qui, pour être extérieure au texte, n'en constitue pas moins très souvent un texte antérieur. *La Comédie humaine* renvoie à *La Divine Comédie* de Dante, avouant ainsi l'ambition du projet, et suggérant aussi le rapport qui s'établit entre les œuvres du point de vue de la conception d'ensemble. Les titres de M. Tournier manifestent une utilisation systématique du procédé en renvoyant à des textes antérieurs *(Vendredi ou les Limbes du Pacifique* rappelle *Robinson Crusoë* tout en indiquant le changement de perspective, *Le Roi des Aulnes* évoque la ballade de Goethe et le lied de Schubert), à l'histoire officielle *(Gilles et Jeanne)* ou à des mythes tantôt antiques *(Les Météores)*, tantôt bibliques *(Gaspard, Melchior et Balthazar)*. Inutile d'insister sur le fait que la valeur de l'« explication » dépendra étroitement de l'analyse des deux textes et du rapport qu'ils entretiennent.

Beaucoup de titres reflètent la thématique ou la symbolique de l'œuvre. Comme le signale Charles Grivel, « le mot [du titre] comprend, d'une part, les sens régulièrement enregistrés par le dictionnaire [de l'époque], d'autre part, un certain nombre de séries associatives, fonctionnant, par connotations successives, comme élargissement de ses sens fondamentaux ». Dans *L'Assommoir*, Zola réalise une véritable combinatoire à partir des différents sens du mot : le débit de boissons, l'objet servant à assommer qui connote notamment le battoir de la blanchisseuse, les pièges se refermant sur les héros. Dans *Les Faux-Monnayeurs* de Gide, on passe d'un aspect purement événementiel, la fabrication de fausse monnaie, au thème fondamental de l'inauthenticité.

3. Leurres. Se trouve ainsi posé à nouveau le problème de l'ambiguïté. Dans *Le Hussard sur le toit* (indépendamment du renvoi au *Bœuf sur le toit*), il est aisé de circonscrire l'épisode qui donne son titre au roman de Giono. Il s'agit toutefois d'aller plus loin et de découvrir pourquoi cette séquence étend son ombre sur le récit tout entier.

À partir du moment où le titre ouvre un code herméneutique, commande une énigme, les ambiguïtés conduisent souvent le lecteur à travers une succession de leurres. Dans *La Faute de l'abbé Mouret* de Zola, le péché apparent (contre la chasteté) ne cède que peu à peu la place à la faute véritable (contre la nature). Dans bon nombre de cas, l'ambiguïté demeure toutefois présente jusqu'au bout. « Les Misérables » de Hugo désignent à la fois les victimes et les bourreaux. *Moderato cantabile* de Marguerite Duras rappelle la pièce pour piano sur laquelle souffre l'enfant de l'héroïne, mais donne aussi à l'ensemble du récit un rythme que chaque lecteur, comme chaque virtuose, interprétera avec plus ou moins de liberté. Tous ces exemples prouvent que le titre doit « montrer et cacher à la fois » (Léo Hoek, *La marque du titre,* Mouton, 1981).

D'après l'article de G. Jacques, « Le discours intitulant », *Introduction aux études littéraires - Méthodes du texte,* Duculot, 1987)

Prolongements

- ***Relevez et classez les titres des nouvelles déjà étudiées. Proposez un classement d'abord grammatical (nom seul, extansions diverses du groupe nominal, propositions...), puis selon les différentes fonctions recensées dans le Repère précédent.***

- ***Quels titres font référence à d'autres œuvres ? Lesquels fonctionnent comme des leurres ? Distinguez les différents jeux sensibles dans quelques titres choisis. Faites le même travail sur les titres des recueils d'où sont extraits les récits.***

❑ Pistes pédagogiques

Étudiée à la suite de « Cycle de survie », la nouvelle de Sheckley (Shaggley serait-il un jeu paronymique ?) offre des rapprochements immédiats qui peuvent orienter la lecture du récit. Ainsi le décor initial (le « long talus de décombres grisâtres », le « long chemin de gravats ») rappelle-t-il celui de la ville éventrée par les explosions chez Matheson. Identiquement, la boutique « Au bazar des mondes » est une construction hétéroclite de matériaux divers, assemblage disparate de débris d'un univers détruit : voiture, briques, tôle et planches... Mais il ne semble pas que cette coïncidence soit immédiatement perçue par les élèves et qu'elle détermine une interprétation. Posée par le lecteur averti comme une hypothèse, la destruction du monde s'efface progressivement de l'horizon d'attente : rien dans la discussion entre les deux personnages, rien dans la théorie exposée par Tompkins ne vient la confirmer. Et l'ancrage réaliste de la vie quotidienne de Wayne vient définitivement la dissiper. L'effet de surprise est donc total… et garanti.

Comme dans bien des textes de notre corpus, deux stratégies pédagogiques s'avèrent efficaces : une lecture intégrale ou une lecture fragmentée en deux temps, et l'on s'arrêtera évidemment au réveil de Wayne après l'expérience.

« Le Bazar des mondes » apparaît vite comme un récit de « science-fiction ». Il est utile de demander quels éléments de la fiction permettent de définir cette appartenance générique. Le sommaire du chapitre « Les grands thèmes » du *Panorama de la science-fiction* (Jacques van Herp, Marabout université n° 270, 1975) peut, assorti d'une consigne, faciliter cette définition. « Voici une liste des grands thèmes de la science-fiction. Lesquels d'entre eux la nouvelle ou le début de nouvelle étudié(e) développent-ils ou renouvellent-ils ? : "A la conquête de l'espace et du temps. Dans les corridors de l'espace-temps. Les mondes défunts et les mondes cachés. Les cités futures. L'anticipation militaire. Les fins du monde. Les machines qui pensent. La race qui nous supplantera. L'homme modifié. Les immortels et les ressuscités. Les vies artificielles et truquées. La zone crépusculaire." »

La même consigne et la même liste proposées à la fin de l'analyse de la nouvelle permettraient d'évaluer les modifications d'appréhension du texte et de valider les acquis de l'interprétation fondée.

Prolongements

- ***Reliez la nouvelle aux romans ou aux bandes dessinées de « science-fiction » dont les scénarios ou les thèmes vous paraîtront proches. Justifiez ces rapprochements.***
- ***Voici un extrait de la présentation d'un film américain parue dans une revue de télévision :*** **Total Recall** ***de Paul Verhoeven (1989) avec Arnold Schwarzenegger dans le rôle de Quaid.***

« 2048. Ouvrier sur un chantier, Quaid fait chaque nuit un rêve étrange qui le conduit sur la planète Mars au côté de la troublante Melina. Un rêve qui s'achève en cauchemar et le réveille immanquablement lorsqu'il se voit mourir faute d'oxygène. Inquiète mais aussi vaguement jalouse, sa jeune épouse Lori tente de dissiper ce fantasme surtout lorsque Quaid lui annonce son intention d'aller vivre sur Mars parmi la colonie terrienne qui s'y trouve installée. Il règne en effet là-bas un climat d'insurrection suscitée par l'attitude dictatoriale du responsable de l'exploitation minière, Cohaagen. Un jour, revenant de son travail, Quaid est attiré par la publicité de l'agence Recall, qui promet des voyages imaginaires par le biais de puissants hallucinogènes. Quaid se laisse tenter par l'expérience et se rend à l'adresse indiquée. Mais au moment de l'implantation des électrodes, tout se détraque, révélant à Quaid qu'il n'est pas celui qu'il croyait être… »

Le scénario du film présente des similitudes avec la nouvelle de Scheckley : visionnez le film et procédez à une comparaison des deux œuvres.

XII. « CRESCENDO » de DINO BUZZATI

Le lecteur de ce recueil retrouve un des auteurs de la première série (voir nouvelle 5). Cultivé ou curieux, il a déjà lu ou relu le *K* et *Le Rêve de l'escalier*, dont est extrait le texte intitulé « Crescendo ». La surprise ici vient à l'évidence de la structure narrative. Un scénario minimum semble se répéter et se modifier en dix ou onze modules qui constituent autant de variations sur un thème premier simple : on frappe à la porte ; une dame va ouvrir...

❑ Éléments pour une interprétation

• « Progressions »

L'exposé du « thème » se fait dans le premier paragraphe. On y trouve tous les éléments sur lesquels brodera l'imagination du narrateur – ou du personnage ? – et qu'on découvrira modifiés selon des procédés différents dans les autres unités : Melle Motleri, des coups à la porte d'entrée, l'arrivée de maître Fassi, son pardessus mouillé, l'entrée du personnage dans l'appartement, la main tendue. Nous notons la banalité de l'anecdote, topos littéraire de l'incipit des récits « réalistes » : l'intrusion d'un personnage dans le champ de vision du lecteur, l'installation d'un cadre spatio-social, le surgissement d'une péripétie, élément déclenchant un mouvement, la rencontre de deux personnages…

Le deuxième paragraphe surprend et amuse. Le procédé est aisément repérable : la reprise quasi terme à terme des mêmes phrases, des mêmes événements dans le même ordre. Le lecteur s'interroge sur les raisons de cette narration répétitive et, à rebours, jette un regard sur l'élément premier pour percevoir les écarts. Les ajouts convergents semblent dramatiser quelque peu la scène : « des coups à la porte », « un pardessus noir », « à pas lourds ». La lecture du troisième installe le procédé comme une composante essentielle de la narration. Dès lors, le sens de la lecture va singulièrement se compliquer et créer un climat de malaise ou de jubilation. Projeté dans l'avenir du texte, le lecteur va chercher à la fois à « connaître la suite » et à repérer les phénomènes de reprise. Ancré dans le souvenir du texte, il tentera d'apprécier les écarts et d'en interpréter le sens. Comme dans le genre musical des « variations », référence culturelle appelée par le titre, le plaisir de la réception réside dans la reconnaissance du thème-clé et l'appréhension de ses altérations thématiques, modales, mélodiques, rythmiques. L'intérêt de la lecture se déplace. Son intérêt se situe autant dans l'appréciation de chaque variation que dans la perception de la cohérence d'ensemble, de l'unité textuelle qu'il convient d'interpréter.

Il n'est pas possible ici de recenser toutes les modifications, les échos, les reprises, les abandons. Notons simplement les domaines où ils jouent le plus grand rôle :

– les réactions initiales de Melle Annie aux trois coups, puis à la vue de Fassi,
– le double portrait d'Annie et de Maître Fassi,
– la métamorphose de la main, des pas, de Fassi,
– les contacts entre Annie et Fassi.

Un constat s'impose qui justifie le titre : la dramatisation de la nouvelle va « crescendo ». Le registre se modifie peu à peu : le réalisme social du début se transforme progressivement en une scène fantastique. L'ampleur croissante des différentes « variations » par rapport à l'exposé thématique premier, les bouleversements qui de la somnolence de la fiction initiale font passer le personnage féminin à l'état de transes des neuvième et dixième sections, la métamorphose de Maître Fassi sont révélateurs d'un type de composition. L'amplification et la gradation qui caractérisent « Crescendo » sont des formes de ce que Buzzati nomme « progression ».

Ouvrant dans *Le K* les brefs récits regroupés sous le titre « Progressions », le narrateur cherche à les justifier par une anecdote : « À un récent congrès littéraire on s'est livré, par jeu, à un exercice de progressions : c'est-à-dire qu'il fallait obtenir, en quelques lignes, un résultat narratif en développant, justement par progression, un sujet au choix. Dans une communication, la tendance à la prolixité, commune à de nombreuses productions modernes, avait été soulignée, et un des congressistes, dans sa réponse, avait invité ses collègues à démontrer que la synthèse était encore disponible dans leurs instruments de travail ; et il signalait la technique de la progression comme l'une des plus utiles pour obtenir des effets de concentration expressive. (...) Sans compter — disait-il — qu'elle coïncide avec le sens de la vie, qui dans tous les domaines peut être représenté par une courbe qui part de zéro pour y retourner. » (« Progressions », in *Le K*).

Prolongements

◆ ***Lisez la « progression » suivante, extrait du K. Quels rapprochements faites-vous avec « Crescendo » ?***

Un coup à la porte :

Toc toc, qui cela peut-il bien être ? Papa avec les cadeaux de Noël ?

Toc toc, qui cela peut-il bien être ? Ce doit être lui, je le parierais. Il a beau vieillir, mon Giorgio, il est toujours aussi taquin.

Toc toc, qui cela peut-il bien être ? Tonino qui rentre à cette heure-ci ? Oh ! ces enfants…

Toc toc. Ce doit être le vent. Ou bien les esprits ? Ou bien les souvenirs ? Qui pourrait venir me voir ?

Toc toc toc.

Toc toc.

Toc.

◆ ***Lisez les trois nouvelles incluses dans le recueil* Le K *de Buzzati (Livre de Poche n° 2535) : « L'œuf », « Jeune fille qui tombe... tombe », « La vendetta ». En quoi sont-elles aussi des « crescendo » ? La nouvelle « L'ascenseur » (opus cité) obéit-elle à la même progression narrative ?***

◆ ***Lisez le premier chapitre de* La Métamorphose *de Kafka et rapprochez la transformation du personnage de celle de Maître Fassi. Repérez encore dans le* Manuel de zoologie fantastique *de J. L. Borgès quelques portraits d'animaux fantastiques proches de « l'antique dieu-serpent (...) aux tenailles de fer » ou du « coléoptère - scarabée- araignée » vu par Melle Annie Motleri.***

• « La métamorphose » et « l'inquiétante étrangeté »

L'interprétation sentimentale, sensuelle, sexuelle de la transformation de Maître Fassi ne laisse guère de doute. L'âge de la vieille fille, « désormais fanée », les tressaillements de son corps, l'« état d'orgasme inexprimable » qu'elle éprouve en courant à la porte, la pénétration « dans le tendre petit corps, dans la chair » des grifffes du « dieu-serpent », le « néant » final constituent autant d'indices disposés pour conforter cette perception de caractère psychanalytique : chaque « variation » et leur successsion constituent par amplification la projection du fantasme sexuel refoulé du personnage féminin qui rêve d'étreintes passionnées et passe une vie de recluse, dans une « affliction inguérissable ». Il n'est guère douteux que Buzzati, créant cette fiction fantastique et cruelle, ait présent à l'esprit la notion d'« inquiétante étrangeté », telle que Freud l'a définie[1] :

1 - Les références et les citations sont empruntées au Repère inclus dans le « Parcours de lecture » de C. Gorce sur *La Métamorphose* de Kafka (p. 33-34, n° 77, Éditions Bertrand-Lacoste, 1995).

Traduction imparfaite du terme allemand « Unheimlich », « l'inquiétant étrangeté est cette variété particulière de l'effrayant qui remonte au depuis longtemps connu, depuis longtemps familier. [...] ce Unheimlich n'est en réalité rien de nouveau ou d'étrange, mais quelque chose qui est pour la vie psychique familier de tout temps, et qui ne lui est devenu étranger que par le processus de refoulement. [...] l'étrange inquiétant serait quelque chose qui aurait dû rester dans l'ombre et qui en est sorti. » (Freud, *L'inquiétante étrangeté,* 1919, traduit par Bertrand Féron)

Dès lors, nous sommes autorisés à lire « Crescendo » comme la mise en scène(s) de fantasmes sexuels d'accouplements avec des monstres dans une progression qui, comme dans les rêves, libère peu à peu de tous les tabous, fait s'écrouler les pudeurs et les non-dits, s'exprimer les pulsions les plus secrètes.

❑ Pistes pédagogiques

On conseillera pour construire une interprétation cohérente et riche de ce récit de proposer aux élèves des repérages précis, construits par exemple à l'aide de tableaux permettant la confrontation des différentes versions ou variations du thème initial. Paragraphe par paragraphe, on rendra la classe sensible, crayon en main, aux reprises et aux modifications, aux échos et aux écarts entre les diverses composantes. Voici le rappel plus détaillé des « entrées » tabulaires : les réactions d'Annie aux trois coups frappés ; l'évocation physique et psychologique du personnage féminin, de la raison sociale comme imprimée sur la porte au seuil du récit au « cœur solitaire » qui le conclut ; la vision du notaire, du « vieil ami » à la figure métaphorique du « monstre invisible » en passant par toutes les transformations animales qui affectent maître Fassi ; l'entrée du personnage, ses mouvements, ses diverses dénominations. On y ajoutera avec profit l'évocation de l'appartement de la vieille fille, des objets et du mobilier familiers, de leur effacement final au profit du palier et de la rampe. On recensera les interventions du narrateur, commentateur impitoyable, ironique ou insistant de l'histoire racontée. Un travail sur les modalités de focalisation trouverait ici tout son intérêt puisqu'il révélerait le rapport entre le choix de la focalisation et les effets produits selon les différents épisodes.

Seraient ainsi construites les notions de progression dramatique, d'amplification, de « variations » et de changements de registres ou de tonalités d'une narration mêlée : nouvelle réaliste, récit fantastique, conte cruel… La lecture du début de *La Métamorphose* préciserait l'importance de topos littéraire que compléterait la mise en place de la théorie freudienne de « l'inquiétante étrangeté ». Ainsi la lecture interprétative de cette modeste nouvelle de Buzzati ne prendrait tout son sens que dans la mobilisation de multiples compétences : reconnaissances génériques, savoirs narratologiques, références musicales, émergence de topoi ou de thèmes littéraires, brève incursion du côté de la psychanalyse… Cet ensemble culturel à la fois hétéroclite et homogène constitue ce que les théoriciens modernes de la lecture nomment « le texte du lecteur » (voir repères p. 163-164). C'est lui qu'il convient incessamment d'enrichir par de nouvelles lectures et de nouvelles interprétations. Les textes et les références intertextuelles de la deuxième partie de ce « parcours » ont tenté de donner une faible idée de son inépuisable diversité.

Repères

LE TEXTE DU LECTEUR

« La conception classique du lecteur insistait surtout sur la nécessité pour celui-ci de bien maîtriser le code linguistique.

La perspective moderne a montré l'insuffisance de cette position. [...] Si l'on admet que la langue de la littérature est plutôt une langue " symbolique ", une langue où dominent l'allusion, la citation, voire la parodie, on comprendra que le lecteur est sans cesse amené à mettre en œuvre une série indéfinie de codes culturels.

Ceux-ci font donc partie, virtuellement, de son " texte de lecteur ", soit qu'il les ait intégrés dans sa mémoire, soit qu'il sache, par expérience, dans quel dictionnaire ou dans quelle encyclopédie il pourra les compléter. Dictionnaires et encyclopédies n'étant de ce point de vue que les répertoires de la mémoire collective, horizon de chaque mémoire individuelle.

Le texte (idéal) du lecteur doit donc comporter :

– des codes culturels étendus : symboles, figures et récits mythologiques, clichés littéraires, allusions littéraires, topoi et autres lieux communs auxquels toute culture ne cesse d'avoir recours, toujours sur le mode allusif ;

– une connaissance des contraintes et des programmes narratifs propres aux genres littéraires classiques et aux sous-genres modernes ou populaires (mélodrame, conte de fées, etc.) ;

– un éventail suffisamment riche de structures textuelles abstraites, telles que les schémas argumentatifs, pour les textes démonstratifs, ou les scénarios, pour les textes narratifs. L'action du scénario est sans doute la plus aisément repérable : toute narration use plus ou moins elliptiquement de séquences narratives stéréotypées et, de ce fait, supposées connues du lecteur. La possibilité de comprendre ces narrations repose donc sur notre aptitude à reconnaître, fût-ce intuitivement, le scénario ainsi réutilisé ;

– une maîtrise des possibilités des diverses logiques qui peuvent être mises à l'œuvre pour lire au mieux la diversité des textes [...]

On le voit, le lecteur « idéal » est sans doute quelque peu un mythe. Pourtant, c'est lui qu'appelle de tous ses vœux chaque écrivain, comme le suggère sur le mode plaisant cette page d'Ernst Jünger :

"Si l'estimable public se montre incapable de comprendre telle ou telle remarque, ce n'est pas seulement parce qu'il ignore
la Bible,
les langues anciennes,
l'histoire,
la mythologie,
les littératures classique et mondiale,
mais aussi parce qu'il ne possède pas les outils du langage,
la grammaire,
la métrique,
l'étymologie,
la magie des sons." »

Article de Otten, in *Introduction aux études littéraires – Méthodes du texte*, Duculot, 1987

TROISIÈME GROUPE

13 – « Chickamauga » – Ambrose Bierce
14 – « L'Adresse » – Marga Minco
15 – « L'Évangile selon Marc » – Jorge Luis Borgès
16 – « La Rédaction » – Antonio Skarmeta
17 – « Les Fourmis » – Boris Vian

Cinq nouvelles composent le dernier groupement. La brièveté du genre, loin de diminuer la puissance dramatique des récits, la condense et de ce fait la renforce. Les jeux gratuits des nouvelles du groupe 1 ne sont plus désormais de mise. Les stratégies narratives déjà entrevues dans les autres textes du parcours sont ici placées au service de la dénonciation des erreurs et des petitesses humaines ; elles promeuvent les valeurs humanistes de la liberté, de la tolérance, de la dignité de l'homme. Venues des États-Unis, des Pays-Bas, d'Amérique latine et de France, les cinq nouvelles luttent contre la guerre et la bêtise universelle. Réalisant le vœu du poète, la littérature « retrouve un sens précis à sa violence latente, crie, accuse, espère. » (Éluard, *L'Honneur des poètes*)

Nous ne reprendrons pas la composition des chapitres précédents. Chaque lecteur saura construire une interprétation pertinente et chaque professeur pourra élaborer une démarche pédagogique conforme à ses objectifs et aux besoins des élèves. Fidèles aux pratiques didactiques du « groupement de textes », nous préférons « croiser » les analyses et suggérer une vision synthétique sur l'ensemble des nouvelles retenues.

❑ Les thèmes et les valeurs

• Le tragique de l'histoire

Les cinq récits abordent chacun à leur manière le thème de la violence. Le premier et le dernier offrent des descriptions sanglantes de champs de bataille, véritables scènes de « boucherie héroïque » (Voltaire, *Candide*) : les corps humains, déchiquetés, disloqués, jonchent des tableaux effrayants que l'humour noir de Vian ou le regard candide de l'enfant sourd rendent plus terribles encore. On rapprochera par exemple ces deux portraits : il « tourna vers lui une figure à laquelle manquait la mâchoire inférieure ; depuis les dents jusqu'à la gorge, il y avait une grande brèche rouge frangée de lambeaux de chair et de débris d'os » (« Chickamauga »). « Le gars qui était juste derrière moi a eu les trois quarts de la figure emportés par un pruneau. [...] Le lieutenant est revenu, il tenait sa tête à deux mains et ça coulait rouge de sa bouche » (« Les Fourmis »). L'évocation du mouvement erratique des troupes, des corps mutilés, des plaies béantes, du feu qui brûle soldats et maisons, de la folie des hommes, se retrouve dans les deux récits avec des rapprochements qui ne manquent pas de surprendre. La guerre des blindés, des avions et des mines décrite par Vian fait écho à celle de Sécession du XIXe siècle, et elles paraissent toutes deux monstrueuses.

Placée au premier plan dans les nouvelles de Vian et de Bierce, la guerre constitue l'arrière-plan permanent du récit de Marga Minco. On recenserait de nombreuses occurrences du terme dans « L'Adresse » (« C'était pendant la première moitié de la guerre » ou « Pour la première fois depuis la guerre »). Pudiquement, un autre arrière-plan dresse la silhouette horrible des camps d'où on ne revient pas : « Tu es donc revenue » [...] Je pensais que personne n'était revenu. — Seulement moi. » Une violence larvée, souterraine est dénoncée par l'évocation de la spoliation progressive dont est victime la mère de l'héroïne : sous prétexte de mettre à l'abri les biens de la famille prétendument amie, Mme Dorling « emporte quelque chose chez elle. Toute l'argenterie, elle l'a prise d'un seul coup. ». Le lecteur rassemble les indices et reconstitue l'ensemble de la réalité historique : une famille de juifs spoliée, ses biens récupérés, la déportation, la mort des parents dans les camps d'extermination, le retour de la jeune fille quelques années plus tard constituent les étapes tragiques d'une vie de peurs, d'humiliations, de souffrances infligées à un peuple dans une situation historique précise. Les éléments de la biographie de l'auteur (voir p. 126) confirment cette évidente interprétation que souligne le dessin accompagnant la nouvelle lors de sa publication dans *Le Monde*[1] (idem, p. 86).

Un arrière-plan historique de même nature se retrouve dans « La Rédaction ». Situé au temps de la « junte fasciste » (1973 - 1990) « du général Pinochet, de l'amiral Mérino et du général Leigh », il dessine une image d'un Chili où règnent arrestations arbitraires, déportations politiques, manœuvres de basse police, procédés de dénonciation et leur cortège de peurs, de secrets et de défiances. Chacun comprend – le personnage du « microbe » le premier – que le militaire demande une « rédaction » sur la famille et ses activités pour recueillir lâchement des informations, en abusant de la naïveté des enfants. On devine l'usage qui sera fait des détails rapportés. Les parents de Pedro ne doivent qu'à l'astuce de leur fils de ne pas voir leurs activités secrètes de résistants antifascistes dévoilées aux yeux des agents de la junte militaire et de ne pas connaître le sort de l'épicier et du professeur Pedraza.

La violence de « L'Évangile selon Marc », que la stratégie narrative (voir infra) rend plus brutale et soudaine encore, éclate dans la mise en scène de la famille Gutre ; « analphabètes », ils semblent, tels des personnages de Zola, être conduits par des pulsions et une héritage lourd :

---

1 - On lira dans le numéro 112 du « Français aujourd'hui » intitulé *Lecteurs Lectures* le compte rendu de l'expérience pédagogique conduite sur cette nouvelle par Raymond Le Loch en classe de première : « Et eux, comment lisent-ils ? ».

« dans leur sang subsistaient comme des traces sombres le dur fanatisme du calviniste et les superstitions de l'Indien de la pampa. ». L'ellipse finale met face à face le personnage d'Espinosa – l'homme couronné d'épines – à ses bourreaux prêts à le sacrifier sur la croix, suivant le scénario de la Passion rapportée par l'évangéliste Marc. Le fanatisme et la superstition mêlées conduisent des êtres rustres à la mise à mort spectaculaire d'un homme innocent. L'ancrage spatio-temporel (le sud de l'Argentine en 1928) semble dénoncer la situation historique d'individus privés des droits à l'éducation, prêts à céder aux terreurs et aux pulsions les plus primaires.

• « Où vont tous ces enfants... ? » (*Mélancholia*, Hugo)

« C'était un bel après-midi d'automne ; un enfant s'était éloigné de la rustique ferme familiale et de son petit territoire, et, sans que personne n'y ait prêté attention, il avait disparu dans la forêt. » (« Chickamauga »)

« Pour son anniversaire, Pedro a reçu un ballon. [...] Bien que Pedro eût déjà neuf ans, il était le plus petit du coin et c'est pour ça que tout le monde l'appelait "microbe". » (« La Rédaction »)

Deux des nouvelles ont pour héros des enfants. Leur présence dans la fiction permet de dénoncer le scandale de la confrontation entre l'innocence et la fureur du monde. Jetés dans le tourbillon de la guerre, de la violence quotidienne, ils mettent leur vie en péril (« Chickamauga »), perdent leur foyer, leur famille (« Chickamauga », Daniel dans « La Rédaction »), découvrent les dangers de la vie, les manœuvres de la dictature, les atteintes à la dignité humaine (« La Rédaction »). Chacun des deux textes est le récit d'une épreuve et d'une découverte : épreuve du feu, de la séparation, de la violence sournoise ; découverte des désastres de la guerre, de la souffrance, du mensonge... La révélation de l'horreur inverse l'ordre des choses, fait basculer le héros de l'innocence à la connaissance du Mal : « [...] tout à coup la plantation entière, avec la forêt proche, sembla tourner comme autour d'un pivot. Son petit univers oscilla d'un demi-tour ; les pointes de la boussole s'inversèrent. La maison en flammes était son propre foyer ! » (« Chickamauga »). Ces expériences précoces bouleversent les enfants dont les pleurs et les cris (« Chickamauga ») clôturent les récits. Car ces initiations douloureuses ne sont pas « de leur âge ». L'univers de l'enfance est celui des jeux et de l'amour :

« — Parce que les enfants ne sont anti-rien. Les enfants sont simplement des enfants. Les enfants de ton âge doivent aller à l'école, beaucoup étudier, jouer encore plus, et bien aimer leurs parents. » (« La Rédaction »)

Chaque nouvelle présente ainsi en contrepoint les jeunes héros se livrant aux occupations et aux jeux de l'école : ballon, épée de bois… Le décalage entre l'univers terrible des adultes et celui des enfants apparaît superbement dans l'échange entre le père de Pedro et son fils :

« Y a des soldats qui sont venus arrêter le père de Daniel. […] Daniel, c'est lui le patron maintenant. Peut-être il va me donner des bonbons » (« La Rédaction »)

Un troisième texte de notre groupement met en scène un enfant :

« Cette fois-ci, ce fut une petite fille d'environ quatorze ans qui m'ouvrit la porte. » (« L'Adresse »)

Souriante, attentive, elle accueille avec amabilité la visiteuse. Aucune expérience douloureuse n'affectera son innocence. Mais on peut lire ce personnage comme le double de la narratrice. Elle vit environnée par les mêmes objets et, dans ce décor familier et cependant étranger, la jeune femme retrouve auprès de la « petite fille » les mêmes émotions que celles de son adolescence : « Sur le bord du tapis de table, j'avais enfin trouvé le petit trou causé par la brûlure. La fillette m'interrogeait du regard ». Guide de la revenante, elle fait pénétrer l'héroïne dans le décor de son passé : « Je la suivis dans le couloir. […] Elle m'ouvrit la porte du salon, et je passai devant elle. Paralysée de stupeur, je m'arrêtai. J'étais dans une pièce qu'à la fois je reconnaissais et ne reconnaissais pas. ». La recherche du souvenir, sur les pas de l'enfant, s'avère douloureuse au point qu'il faut le fuir. Elle ramène à la mémoire meurtrie le passé le plus ancien, celui de l'enfance, mais aussi, celui indélébile des années de douleur indicible : « J'avais l'intention d'oublier cette adresse. De tout ce que je devais oublier, c'est cela qui serait le plus facile.»

Prolongements

- ***« L'Adresse » met en scène exclusivement des personnages féminins. Quels sont les effets dramatiques produits par ce choix narratif ?***
- ***Étudiez l'image et la fonction narrative de la famille dans les nouvelles où apparaît ce motif ?***

• « j'ai assez de la guerre » (« Les Fourmis »)

De nombreux personnages pourraient reprendre le cri final du héros des « Fourmis » : « j'ai assez de la guerre. ». Tous ont éprouvé ou éprouvent dans leur chair et dans leur cœur les atrocités de la guerre, l'invasion de la peur, les blessures de la séparation... Les brèves fictions deviennent des mises en scène d'événements tragiques qui mettent aux prises des humains ordinaires et des situations inhumaines, insupportables. Face à la barbarie, les héros opposent une attitude singulière, chargée de valeurs positives, tels le courage, la tendresse, l'amour, la solidarité des héros de « La Rédaction ». La jeune femme de « L'Adresse » oppose la dignité et le calme devant l'évidence de la spoliation et qui sait ? de la dénonciation passées. C'est en saint martyr, émule involontaire du Christ, qu'Espinosa affronte l'humiliation et le supplice : « Espinosa comprit ce qui l'attendait de l'autre côté de la porte. Quand ils l'ouvrirent, il aperçut le firmament. Un oiseau lança son cri ; il pensa ; c'est un chardonneret. ». Et on peut s'autoriser à rapprocher cette acceptation de la mort de celle qui conclut « Les Fourmis ». Choisissant de sauter sur la mine plutôt que de rester mutilé, le soldat de Vian va jusqu'au bout de l'absurdité de la guerre et des hommes. Dans un acte ultime de revendication de liberté, il insulte la guerre qui tue au hasard, en assumant l'instant de sa mort-suicide. La biographie de Vian (p. 190) rappelle sa lutte antimilitariste et l'on retrouve ici, transposée dans une fiction ô combien guerrière, la haine de la guerre et des armes qu'a manifestée l'auteur du *Déserteur.* Les auteurs des cinq nouvelles sans aucune ambiguïté construisent ainsi une œuvre « engagée » et plaident pour une société humaine de paix, de tolérance et de fraternité où l'action de résistance aux forces obscures du Mal se fait au nom de la liberté de tous.

Prolongements

- ***Comparez les jeux de l'enfant et les jeux de la guerre dans « Chickamauga ».***
- ***Rapprochez les visions de la guerre dans « Chickamauga » et « Les Fourmis ».***
- ***Rapprochez la vision qui est faite des adultes dans « L'Adresse » et « La Rédaction ».***

❑ Des stratégies narratives

Pour faire partager son émotion au lecteur, chaque auteur a choisi une stratégie narrative singulière, mettant en œuvre des procédés diversifiés. Rendant compte des cinq nouvelles, nous ne pouvons étudier précisément le fonctionnement de chacune. Toutefois, il paraît possible de confronter quelques choix narratifs en prenant appui sur des entrées précédemment entrevues dans les autres parties de ce parcours.

• Les titres

• Par définition brève et dense, la nouvelle se doit de focaliser l'attention sur un événement singulier qui se détache de l'ordre habituel des choses et provoque une transformation des personnages ou de l'univers familier. « Chickamauga », « L'Adresse », « La Rédaction » pourraient banalement porter le même titre qu'une nouvelle bien connue de Vercors, « Ce jour-là » (voir le recueil *Le Silence de la mer*) : chaque récit, nous l'avons vu, projette « ce jour-là » le héros, d'une situation d'ignorance (chez Bierce et Skarmeta) ou de vague prémonition (chez Marga Minco), à la révélation de la violence. Sur une période plus ample, le cheminement est le même pour le héros de « L'Évangile selon Marc », qui quitte un jour le confort de la famille et la sûreté de la ville pour une zone rurale hors du monde où règnent l'analphabétisme et le fanatisme primaire.

« L'Adresse », « La Rédaction » fonctionnent comme des titres-thèmes. Termes récurrents dans le récit, ils centrent l'attention sur un lieu ou un événement singuliers, en apparence banaux, mais d'où sortira une révélation douloureuse.

• Sans une compétence encyclopédique diversifiée, les deux titres « Chickamauga » et « L'Évangile selon Marc » restent lettre morte. Sans doute, le second ne constitue pas une énigme pour bien des lecteurs et il renvoie à la Passion de Jésus (Voir Repères p. 92) telle qu'elle est racontée dans les quatre Évangiles, et singulièrement dans celui de Marc. Plaçant la nouvelle sous le signe du Christ, le titre oriente bien des détails du texte, désormais indices : son nom, l'âge du héros, sa bonté naturelle, son éloquence, sa barbe naissante dessinent en Espinosa une sorte de réincarnation de Jésus. Explicitée en apparence quand le héros lit l'*Évangile* à ses frustres compagnons, la référence à la Passion construit de fait la cohérence dramatique de la totalité du récit. L'assimilation de Baltazar à la figure du Christ ne s'avère plus seulement physique ou anecdotique ; elle devient biographique, transformant l'humble étudiant en victime expiatoire moderne qui revit à la lettre les épisodes tragiques de la Passion selon Marc. Dès lors, le titre et son référent biblique constituent une « mise en abyme » (Voir Repères p. 124) subtile et étonnante, puissamment subversive.

« Chickamauga » : le titre surprend d'autant plus que rien dans le récit ne vient dissiper le mystère. Sans doute le lecteur français aura-t-il oblitéré dans son interprétation ce détail auquel il s'avère incapable en règle générale de donner un sens. En revanche, « pour tout américain de la période d'Ambrose Bierce, le nom de la rivière Chickamauga désignait surtout une bataille de 1863, au nord de la Géorgie, et qui était restée comme une des plus sanglantes de la guerre. »[(1)]. Il est clair que l'horizon d'attente et le prélèvement des indices ne sauraient être les mêmes selon que l'on connaît cette référence ou selon qu'on l'ignore. Écrivant pour ses contemporains, Ambrose Bierce (Voir biographie, p. 185) donne à sa nouvelle un titre évoquant dans sa sobriété même une bataille sanglante. La vision de l'enfant égaré dans le combat apparaît d'emblée plus angoissante que le jeu initial interprété par le lecteur du XXe siècle, privé de l'information historique.

Faut-il faire un sort aux « Fourmis » ? Rarement titre apparaîtra plus trompeur, plus dérisoire et plus tragique à la

---

1 - Pour de plus amples informations et pour l'utilisation pédagogique de ce récit de Bierce, lire Michel Descotes, *La Communication dans la classe de français,* Collection Parcours didactiques, éditions Bertrand-Lacoste, 1995.

fois. Nous laissons chacun se remémorer ses attentes et ses hypothèses à partir de ce titre, et au cours de sa lecture. Le mystère n'est levé que par les deux derniers mots qui reprennent presque identiquement ceux du titre. Mais la première ambiguïté vient du choix du déterminant : « les fourmis » appellent l'image des insectes, parfois métaphoriquement celle d'hommes laborieux, anonymes et nombreux ; jamais le nom avec le déterminant « les » ne fait référence à l'ankylose d'un membre, au picotement qu'elle provoque. Dès lors, la révélation finale produit un effet d'une force inouïe. Non seulement, elle donne un sens ironique au titre, comme un pied de nez du narrateur ; mais encore, elle fonctionne très précisément comme la mine dont le héros a déclenché le déclic. « Elles n'éclatent que quand on retire son pied [...] et [...] il me vient des fourmis. » Le dernier terme éclate comme une grenade dégoupillée, et confère pathétique et tragique à la confession précédente. La lassitude du combattant, explicite dans la proposition précédente (« parce que j'ai assez de la guerre »), devient dénonciation de la guerre grâce à un procédé assimilable à une litote : avoir des « fourmis » dit le moins pour faire entendre le plus puisqu'une manifestation physique plutôt banale et sans danger signifie en réalité le désespoir, la mort préférée à une vie dans l'absurdité et les souffrances de la guerre.

• Voix et regards

Pour ne pas alourdir la confrontation, nous choisissons d'interroger quelques-unes des cinq nouvelles, laissant à chacun le soin de poursuivre l'analyse sur les autres récits.

* *Qui parle ?*

Deux nouvelles mettent en scène un personnage narrateur. Ce choix narratif dans « L'Adresse » permet surtout, semble-t-il, de faire entendre la voix intime d'un personnage qui renoue les fils cassés de son passé, de suivre le parcours douloureux et laborieux qui conduit à la bonne adresse, celle des souvenirs perdus. L'itinéraire est moins celui spatial qui conduit au « numéro 46 » de « Marconistraat », que celui de la mémoire éclatée, apte à reconstituer tout un pan tragique de l'histoire familiale. Chez Boris Vian, l'intention est tout autre. « Les Fourmis » s'apparente à une sorte de journal de guerre, journal intime ou carnet de bord qui accompagne le héros dans ses pérégrinations militaires. L'avant-dernière phrase semble authentifier le récit qu'on aurait retrouvé après la mort du scripteur : « Je n'ai gardé que mon carnet et le crayon. Je vais les lancer avant de changer de jambe [...] ». Se substituant progressivement au passé composé dominant dans les premières sections, le présent de l'indicatif envahit peu à peu le récit à la première personne : le moment considéré dans l'énoncé coïncide avec celui de l'énonciation. Cette valeur déictique du présent se rencontre par exemple en V (« Il pleut maintenant sans arrêt depuis deux jours [...] Actuellement ça va »), en VI (« Le temps commence à se dégager »), en IX (« On est encerclés. »), en XIII (« Je viens de recevoir [...] Maintenant, c'est Spike Jones »), en XIV (« On repart tout à l'heure »), en XV (« Je suis toujours debout sur la mine [...] il me vient des fourmis. ». Ce rapide montage de citations permet de pressentir les effets produits par un tel choix. Témoignage « direct », le récit semble en prise avec les événements ; le personnage devient proche du lecteur qui partage ses sensations et ses émotions. Mais en même temps, le présent semble écraser les plans, confondant dans la même situation d'énonciation des indications météorologiques banales et l'annonce dramatique du dernier fragment. Sans mise en relief particulière, l'ultime notation produit en quelque sorte un effet à contretemps et choque d'autant plus. Le choix du récit à caractère autobiographique au présent de l'indicatif, la forme des croquis de guerre pris sur le vif confèrent ainsi à la dernière partie du texte une force dramatique remarquable.

* *Qui voit ?*

Dans « Chickamauga », l'auteur adopte une stratégie narrative particulière. À la prise en charge initiale du récit par un narrateur omniscient (focalisation zéro), se substitue très rapidement une focalisation interne qui fait voir les scènes avec les yeux de l'enfant. Il suffit de comparer l'incipit et quelques énoncés choisis au début du récit : « [...] un enfant s'était éloigné de la rustique ferme familiale et de son petit territoire [...] » (incipit). « Progressant le long de la berge du ruisseau, il se vit soudain confronté à un nouvel et formidable ennemi. » (cinquième paragraphe). L'assimilation du lapin en monstre effroyable indique bien le changement de scène énonciative. Mais le glissement vers la focalisation interne se double d'une autre forme de manipulation. L'auteur en effet choisit de révéler l'infirmité de son héros à l'avant-dernière phrase : « L'enfant était sourd-muet. ». Cette rétention d'une information essentielle pervertit un nombre important d'indices qui ne prennent sens que rétroactivement. Ainsi des « manifestations de la parole pour le moins bizarres » et de toutes les sensations auditives, « rares ou étouffées » (M. Descotes, opus cité p. 77-79). Notons en revanche que les visions de la guerre sont présentées par un narrateur omniscient, qui commente sa propre narration : « L'enfant ne voyait pas tout cela ; il aurait fallu un observateur plus âgé pour le remarquer » ou « Un observateur plus expérimenté aurait constaté... ». L'effet est double : en distinguant vision d'adulte et perception naïve, le narrateur oppose ainsi clairement les horreurs de la guerre à l'innocence de l'enfant ; et le filtre(1) de la surdité qui altère la perception du personnage accroît le scandale qui fait d'un jeune infirme le témoin et la victime de la folie meurtrière des hommes.

---

1 - Le terme et la notion sont empruntées à Gabrielle Gourdeau in *Analyse du discours narratif* (Magnard, 1993) : « La perception, quelle que soit la position du foyer, peut être modifiée par la présence d'intermédiaires entre l'instance focalisatrice et l'objet focalisé : les **filtres** [...] peuvent altérer la perception (la rendre floue), la rendre méconnaissable, même. [... Ils] peuvent être d'ordre physique (obstacles à la vue, à l'ouïe : cloison, fenêtre, etc.), éthique (principes, croyances, etc.), social (éducation, appartenance à une classe sociale), politique (adhésion à un parti), idéologique, intellectuel, etc. »

Prolongements

- ***Lieux clos / lieux ouverts : étudiez la fonction de l'espace dans chacun des récits.***
- ***Relevez dans les récits les indications sur les bruits, les sons et le silence.***
- ***Les objets jouent un rôle essentiel dans « L'Adresse ». Recensez dans chacune des nouvelles les objets et analysez leur fonction.***

❑ L'efficacité dramatique

« Le renversement final, en ramenant l'enfant à son point de départ pour qu'il découvre son univers familial détruit par la guerre, relève d'un humour des plus noirs et donne un autre relief à toute l'histoire ; celle-ci dépasse ainsi l'anecdote pour accéder à une vision morale beaucoup plus large qui concerne l'humanité tout entière. Cette chute renforce puissamment le caractère scandaleux de la guerre où des innocents sont broyés [...] ». Ce commentaire sur « Chickamauga » (opus cité, p. 78 et 79) met l'accent sur trois caractéristiques des nouvelles retenues dans cette série : les effets de la chute, les tonalités singulières teintées d'humour qui permettent le dépassement de l'anecdote et la défense des valeurs.

• Chutes

Nous avons déjà commenté les chutes dans les récits de Vian et de Bierce. Les révélations finales bouleversent l'interprétation cohérente que le lecteur avait construite, en le forçant à intégrer un élément nouveau et déterminant : l'enfant de « Chickamauga » est sourd et muet, la maison qui brûle est la sienne ; le narrateur-personnage des « Fourmis » écrit, debout sur une mine, ses ultimes notes, avant de sauter... Dans les deux cas, l'information, longtemps retenue, apparaît comme un coup de théâtre narratif, chargé d'une forte émotion. Le récit trouve alors sa pleine cohérence : dénonciation des « horreurs de la guerre », il donne jusqu'au bout, malgré les évocations effroyables précédentes, un élément brut et violent qui parachève l'horreur, la rendant désormais insoutenable. La narration récit s'achève par une nécessaire ellipse, abandonnant le lecteur à la situation au-delà de laquelle elle s'affaiblirait.

Le dernier paragraphe de « L'Évangile selon Marc » obéit à un principe analogue. Tout le récit de Borgès est orienté par cette fin, que tout annonce, mais que le lecteur ne saurait attendre, tant elle paraît hors du temps. La stratégie narrative mise en place paraît d'une remarquable simplicité. Le récit suit un déroulement chronologique rigoureux qui fait se succéder d'abord les semaines, puis les jours, au rythme des accidents météorologiques : la canicule, l'orage, l'inondation... Mais cette progression constitue sinon un leurre, du moins s'avère faussement transparente. Les événements épousent en effet une autre montée dramatique, celle imposée par les épisodes de la Bible et de l'Évangile, l'arche de Noé, les miracles, la Passion. Le Déluge est ainsi doublement inscrit dans le texte : comme référence à la pluie qui s'abat sans discontinuer et comme annonce habile de la déconstruction en cours (« Une nuit, il rêva du Déluge, ce qui n'est pas étonnant ; les coups de marteau de la fabrication de l'arche le réveillèrent [...] »). La dernière semaine d'Espinosa suit un rythme calculé. « L'orage avait éclaté un mardi. Le jeudi dans la nuit il fut réveillé [...]. La journée suivante débuta comme les précédentes ». L'exécution aura bien lieu le vendredi, jour de la mort du Christ. Cette construction temporelle rigoureuse est parallèlement rythmée par les échos sourds de travaux mystérieux : le lecteur ne perçoit la réalité que par la conscience du héros (focalisation interne) à travers le filtre de la porte fermée de la remise. L'assimilation progressive du jeune homme à Jésus ne permet pas d'imaginer qu'elle ira jusqu'au bout. Seul le dernier paragraphe, dans une succession très rapide des différents épisodes de la Passion, dessine le dénouement elliptique. L'horreur culmine avec l'image finale : la vision de la croix dressée redonne à ce symbole religieux toute sa force brute d'instrument de torture et de mort. Mais peut-être peut-on percevoir dans cette fin comme une forme d'humour noir.

• Humours

« Espinosa comprit ce qui l'attendait de l'autre côté de la porte. Quand ils l'ouvrirent, il aperçut le firmament. Un oiseau lança son cri ; il pensa : c'est un chardonneret. La remise à outils n'avait plus de toit ; ils avaient arraché les poutres pour en faire la croix. ». On notera d'abord le saisissant contraste entre la situation tragique et l'attitude du héros, à la fois nouveau Jésus et émule de François d'Assise, le saint qui parlait aux oiseaux. Cette double filiation rappelle la « bonté presque illimitée » et la « gentillesse naturelle » dont le narrateur avait gratifié initialement le personnage. Dès lors, le supplice et la mise à mort apparaissent comme une scandaleuse et ironique récompense des qualités évangéliques d'Espinosa. Mais l'ironie est plus patente encore si l'on considère l'usage que la fiction imaginée fait de l'Évangile : œuvre d'amour et de tolérance, prônant les vertus de fraternité et de paix, récusant la violence, le récit de la vie et des paroles du Christ se réduit ici au scénario de la Passion. La « bonne parole » diffusée pour éclairer les hommes et les ouvrir à l'amour des autres se révèle, prise au premier degré par des analphabètes fanatiques, la synopsis d'un fait divers meurtrier.

« La Rédaction » met en œuvre une tonalité différente qui permet au narrateur de traiter une situation dramatique avec un humour singulier. Malgré les dangers qu'encourt la famille de Pedro, le registre dominant du récit de Skarmeta est celui de la dérision allègre. La rédaction de l'élève, dans sa fausse naïveté, constitue comme un pied de nez à l'armée, aux autorités du putsch. Acte de résistance, la version truquée et tronquée de la vie familiale selon Pedro se révèle une impertinente rébellion qui renvoie au fonctionnement traditionnel de la comédie ou de la farce : « Tel est pris qui croyait prendre… ». Le choix même du physique du jeune héros ravive les souvenirs intertextuels des légendes ou des mythes : David contre Goliath, Ulysse et le Cyclope… La ruse du plus faible vainc l'arrogance du prétendu plus fort. Ce rapport de force en apparence déséquilibré est clairement marqué dans le récit de Skarmeta, au moment même de la rédaction. « Le capitaine s'avança entre les tables et Pedro put voir à quelques centimètres la boucle dure et brillante de son ceinturon. ». Ici encore, c'est par les yeux du « microbe » que nous est donnée à voir la figure héroï-comique d'un capitaine rendu grotesque par l'absence de déférence du regard : «... la maîtresse entra, toute raide, accompagnée d'un monsieur en uniforme militaire, une médaille sur la poitrine longue comme une carotte, des moustaches grises et des lunettes plus noires que la crasse des genoux. ». Derrière ce portrait bouffon (« le militaire [...] souriait avec ses moustaches en brosse à dents »), c'est la boursouflure d'un régime dont l'auteur fait la satire. Non que les atrocités due à la « junte fasciste » prêtent à sourire. Skarmeta, malgré la fin heureuse, ne passe pas sous silence les arrestations arbitraires, les déportations, les atrocités commises par le régime totalitaire. Mais dans cette nouvelle, la dénonciation se colore d'un humour féroce pour les soldats du putsch, coupables ici de pervertir l'innocence enfantine, de s'en servir à des fins de délation. Petit frère du Gavroche bravant la mort en chantant, le gamin Pedro affronte avec les armes de l'écriture et de la fiction les forces de la dictature. Bâillonnées par les fanatismes et les tyrannies, la littérature, la « page d'écriture » (Prévert), c'est-à-dire l'invention, la liberté de créer et d'inventer, de faire parler l'imagination, deviennent ici le lieu de la protestation narquoise et salvatrice. La notice biographique sur Skarmeta (voir p. 190) rappelle par ailleurs le titre de son roman le plus connu *Une Ardente Patience* où le poète chilien Pablo Neruda, victime de la junte de Pinochet, s'avère la figure, mythique et proche à la fois, de l'écriture libératrice.

Prolongements

- ***« Chickamauga »***

. Un poème de Rimbaud, « Le Dormeur du val », et un de Hugo, « Clair de lune » **(Les Orientales)*****, présentent une structure semblable à celle de la nouvelle de Bierce : (re)lisez-les et rapprochez-les en dégageant les effets obtenus.***

. La guerre vue par un naïf : constituez un groupement de textes à partir d'extraits de Candide *(Voltaire),* La Chartreuse de Parme *(Stendhal),* Voyage au bout de la nuit *(Céline),* La Marque rouge du courage *(S. Crane).*

. Sous forme de tableau, procédez à la comparaison (thèmes, procédés, effets) entre « Chickamauga » et « Les Fourmis ».

◆ *« L'Adresse »*

. Étudiez le rôle des objets dans les descriptions d'intérieur extraites de :
Le Père Goriot *(Balzac) : la pension Vauquer,*
Un cœur simple *(Flaubert) : la chambre de Félicité,*
Bouvard et Pécuchet *(Flaubert),*
Les Choses *(Pérec),*
« L'Adresse ».

. Mettez en relation le texte de « L'Adresse » avec l'illustration parue dans Le Monde *des 15-16 juillet 1984 (voir Classiques BL,* Bonnes nouvelles, *p. 86). Identifiez le rapace et les objets qui l'entourent ; dégagez avec précision la dimension symbolique du dessin.*

◆ *« L'Évangile selon Marc »*

. Lisez les quatre versions de la Passion du Christ dans les Évangiles. *Recensez les points communs et les écarts. Quels éléments a retenus Borgès ? Étudiez les ellipses narratives et les condensations.*

◆ *« La Rédaction »*

. Lisez pour le plaisir Une ardente patience, *le principal roman de Skarmeta.*

. Lisez « L'Age d'or », nouvelle de Ruth Rendell (Calman Lévy, 1997) publiée dans Le Monde *(Vendredi 11 daté du 12 juillet 1997) et comparez sa fiction et ses thèmes à ceux du récit de Borgès.*

◆ *« Les Fourmis »*

. Rapprochez la nouvelle de Vian de quelques-uns des Poèmes à Lou *d'Apollinaire :*

IV – « Je pense à toi mon Lou... »,
VI – « La fumée de la cantine... »,
VII – « Mon Lou la nuit descend... »
X – « C'est l'hiver... »
XII – « Si je mourais là-bas... »
XXI – « Sonnet du huit février 1915 »
XXXII – « Ma Lou, je coucherai ce soir... »
XXXIV – « Le ciel est étoilé par les obus des boches... »

- ***Ensemble des cinq nouvelles***

- ***Commentez cette protestation de Bertold Brecht en vous appuyant sur votre lecture des nouvelles du troisième groupe :***

  « On violente un de vos frères et vous fermez les yeux !

  Le blessé hurle de douleur, et vous gardez le silence ?

  Le vautour rôde et choisit sa proie, et vous dites :

  Il nous épargne car nous avons pris soin de ne pas lui déplaire.

  Et cela s'appelle une ville !

  Et cela s'appelle des hommes ! »

  Bertold Brecht, *La Bonne Ame de Sé-Tchouan*, 1939

- ***Lisez la nouvelle de Vercors « Ce jour-là » dans* Le Silence de la mer *et comparez-le avec les cinq nouvelles du groupement : thèmes et valeurs, stratégies narratives, efficacité dramatique...***

- ***Retrouvez dans chacun des cinq récits les critères définissant les nouvelles retenues p. 9 à 11 de ce parcours.***

CONCLUSION

Comme l'illustrent parfaitement les récits du troisième groupe, la nouvelle possède autant que bien d'autres œuvres romanesques plus conséquentes des pouvoirs puissants lorsqu'il s'agit de porter un regard critique sur le monde tel qu'il va. Il apparaît même qu'elle dispose de moyens particulièrement efficaces pour aller à l'essentiel, au cœur des problèmes, et pour souligner impitoyablement les faiblesses et les erreurs humaines. On a bien vu comment l'intensité dramatique résulte d'effets d'autant plus saisissants qu'ils naissent dans un espace textuel réduit, où le choc des mots s'amplifie et où la mémoire du lecteur a la possibilité de s'exercer pleinement.

Sur un plan plus général, on comprend mieux aussi ce qui fait de la littérature une arme de lutte au service des victimes de tous ordres. Il y a en effet un enjeu civique de la lecture. « L'honneur des poètes », c'est-à-dire des créateurs, est aujourd'hui plus que jamais d'appeler le public, et en l'occurrence les adolescents des collèges et des lycées, à ne pas être dupes des messages totalitaires, fanatiques ou doctrinaires, à résister aux pièges des faux discours, à rester vigilants et lucides. Une toute jeune maison d'édition « Verticales » s'efforce de promouvoir « une littérature exprimant, par les moyens les plus divers, une forme de pessimisme combatif, une résistance humaine à la fois fragile et « debout » comme une statue de Giacometti. ». Les textes que nous avons réunis ici réalisent, à la lettre, une telle profession de foi.

BIOGRAPHIES

Ambrose Bierce né en 1842 dans l'Ohio aux États-Unis, est mort au Mexique en 1913.

Enfant de pionniers et d'origine modeste, il est autodidacte et, très tôt, exerce divers petits métiers ; il entre dans une école militaire mais n'y reste qu'un an. Au début de la Guerre de Sécession, il s'engage (avril 1861) dans l'armée nordiste et prend part à de nombreuses campagnes où il est blessé à la tête ; il est fait prisonnier par les Sudistes mais il s'évade.

Après la guerre, en 1865, qu'il termine avec le grade de capitaine, il administre les biens confisqués aux sudistes dans l'Alabama puis suit le général Hazen dans une mission de reconnaissance des territoires de l'Ouest. En 1866, il démissionne et s'installe à San Francisco. Il travaille ferme pour devenir écrivain et se voit confier la feuille satirique d'un journal local. Très vite remarqué, il est craint en raison de sa plume acérée qui, au service des opprimés, n'épargne pas les exploiteurs, aussi bien politiciens que philanthropes. Il se marie, et vit entre 1872 et 1875 à Londres comme rédacteur au *Fun*.

De retour en Californie, il devient directeur de journal, écrit des nouvelles et commence en 1881 la rédaction du *Dictionnaire du Diable*. Son premier recueil de nouvelles est intitulé *Au cœur de la vie. Histoires de soldats et de civils* paraît en 1891. En 1896, Bierce entre au service de Hearst à Washington et devient le correspondant de l'*American de New-York*. Le douzième tome de son œuvre *Collected Works*, paraît en 1912. En octobre 1913, il quitte New-York pour le Mexique en pleine guerre civile : il y disparaît mystèrieusement.

Jorge Luis Borges, né en 1899 à Buenos Aires, meurt à Genève en 1986.

Après des études secondaires en Suisse, où la Guerre de 14-18 le surprend avec sa famille, il vit de 1919 à 1921 en Espagne où il adhère au mouvement ultraïste. De retour en Argentine, il fonde une revue et publie son premier recueil de poèmes, en 1923. Après la mort de son père, en 1938, il accepte un emploi dans une bibliothèque municipale de la banlieue de Buenos Aires. Huit ans plus tard, il perd son poste mais la chute du gouvernement péroniste en 1955 lui permet d'être nommé directeur de la Bibliothèque nationale et professeur à la Faculté des Lettres. Il est élu membre de l'Académie argentine des Lettres, voyage fréquemment aux États-Unis, en Europe, au Japon où il donne de nombreuses conférences et dirige des séminaires d'études.

Conteur, essayiste, il est reconnu comme l'un des maîtres de la littérature du XXe siècle. Toute son œuvre est maintenant traduite en langue française et ses recueils de nouvelles – *Fictions, l'Aleph, Le Livre de sable* – ainsi que ses livres de poèmes et ses essais – *Discussion, Enquêtes* – s'inscrivent déjà comme des classiques dans la littérature contemporaine.

Robert Boudet est un auteur d'ouvrages pour les enfants dans des registres et genres divers comme le policier *Mon prof est un espion* ou le récit d'imagination *Ralentir : collège hanté !* ou encore l'adaptation de récits littéraires plus anciens : *Fabliaux du Moyen-Âge*, *Le Roman de Renart*.

Ray Bradbury est né en 1920 à Waukegan, dans l'Illinois (U.S.A.).

Il connaît des débuts difficiles mais il publie son premier conte à l'âge de vingt ans et acquiert rapidement une réputation internationale grâce à la qualité de son écriture, notamment dans la série de nouvelles réunies sous le titre de *Chroniques martiennes*. Auteur de plusieurs scénarios pour le cinéma, dont celui de *Moby Dick* (John Huston), il a également adapté nombre de ses récits pour la scène (théâtre, comédie musicale, opéra) et la télévision. *Fahrenheit 451*, son plus célèbre roman, a été porté à l'écran par François Truffaut.

Bradbury reste celui qui apporta le rêve en démontrant pour la première fois que la science-fiction pouvait résolument tourner le dos à la science.

Dino Buzzati, né à Belluno en 1906, mort en 1972 à Milan.

Après des études de droit faites à Milan (où son père était professeur de droit international), Buzzati se tourne vite vers la littérature. Très jeune, il écrit des poèmes. À vingt-deux ans, il est correspondant du *Corriere della Sera* en Éthiopie, puis correspondant de guerre dans la Marine.

À Milan où il a vécu, il a consacré son temps à écrire et à peindre – plusieurs de ses toiles ont été reproduites en France – et Marcel Brion, dans *L'Art fantastique*, fait l'éloge du peintre Dino Buzzati. Son roman, *Le Désert des Tartares*, paru en 1949 en traduction française, obtient un très grand succès. Une de ses pièces, *Un cas intéressant*, adaptée par Albert Camus, a été jouée à Paris en 1956. Il a écrit un très grand nombre de nouvelles rassemblées dans plusieurs recueils dont les plus connus sont *Le K* (1966) et *Le Rêve de l'escalier* (1971).

Fred Kassak (pseudonyme de Pierre Humblot) est né en 1928 à Paris.

C'est pendant l'exode, dans un grenier où il s'est réfugié, que le jeune Humblot découvre la littérature policière en dévorant une collection complète du Masque.

Après quelques tentatives du côté du théâtre et de l'espionnage, il s'impose à la fin des années 50 avec une série de romans à l'humour noir très particulier qui en font l'un des grands auteurs français.

Scénariste en 1958 du premier épisode de la série *Les cinq dernières minutes*, à laquelle il participera de nombreuses fois par la suite comme scénariste, adaptateur ou dialoguiste, il se consacre désormais essentiellement au cinéma, à la télévision et à la radio : *On n'enterre pas le dimanche* est porté à l'écran en 1959, *Carambolages* en 1962, puis *Plus amer que la mort* et *Une Chaumière et un meurtre*, sous le titre *L'assassin connaît la musique*. En 1970, Michel Audiard tourne *Bonne vie et meurtres*, sous le titre *Elle boit pas, elle fume pas, elle drague pas... mais elle cause !* et en 1972, il s'inspire du roman *Voulez-vous tuer avec moi ?* pour *Comment réussir dans la vie quand on est con et pleurnichard.*

À la radio, enfin, ses textes ont abondamment fourni les séries de Pierre Billard, *Mystères*, *Maîtres du mystère* et *Les*

Tréteaux de la nuit, de Patrice Galbeau.

Damon Knight est né aux États-Unis en 1922.

Fanatique de science-fiction de la première heure, Damon Knight se fait d'abord remarquer en tant que critique et anthologiste, avant de s'imposer lui-même comme auteur de nouvelles.

Il débute en publiant en 1956 *In Search of Wonder*, une série de critiques pertinentes qui fut rapidement considérée comme une des premières études théoriques de qualité sur la science-fiction moderne.

On lui doit également une œuvre importante d'anthologiste : on retiendra d'une part sa série *Orhit* (de 1966 à 1980), qui contribue à révéler de très nombreux auteurs, d'autre part le recueil de nouvelles françaises *Thirteen French S.-F. Stories* (1965) qui, pour la première fois, donne au public américain l'occasion de découvrir qu'il se passait aussi quelque chose outre-Atlantique.

À part *Passée la barrière du temps* (1964) et *Permutations mentales* (1965), Knight n'a écrit que très peu de romans, préférant se consacrer à la nouvelle. Dans ce domaine son œuvre est importante (il rédige plus d'une centaine de textes) mais malheureusement dispersée, même si certains de ses textes les plus célèbres, comme *Comment servir l'homme* ou *Sans éclat*, réapparaissent régulièrement dans toutes les anthologies de base de la science-fiction.

Richard Matheson est né aux États-Unis en 1926.

Jeune journaliste diplomé de l'université du Missouri, il débute avec une nouvelle devenue un classique de la science-fiction, *Journal d'un monstre* en 1950.

Matheson n'a produit en tant que romancier que deux œuvres de science-fiction, *L'Homme qui rétrécit* et *Je suis une légende*, quelques dizaines de nouvelles constituant les anthologies *Shock* (1961-1966) et trois romans policiers, *Jour de fureur* (1953), *Les Seins de glace* (1955), et *De la part des copains* (1962).

À partir de 1962, il se consacre en effet presque exclusivement au cinéma, travaillant d'abord sur l'adaptation de son roman *L'Homme qui rétrécit*. Il collabore à de nombreuses adaptations d'Edgar Poe mises en scène par Roger Corman. Il collabore aussi à des séries à la télévision. Mais le meilleur de cette période hollywoodienne est incontestablement son scénario de *Duel* (1974) avec lequel Spielberg livre un remarquable exemple de fantastique contemporain. Les œuvres ultérieures de Matheson démontrent que la terreur et l'angoisse constituent son véritable registre : il a su réconcilier le fantastique et la science-fiction. Ses dernières œuvres, *Le Jeune Homme, la mort et le temps* et *Otage de la nuit*, manifestent un certain retour au romantisme.

Pascal Merigeau est surtout connu par ses contributions au quotidien *Le Monde* où il signe régulièrement des articles de critique cinématographique ; il a travaillé aussi au magazine de cinéma « Première ».

Marga Minco est née en 1920 à Breda, aux Pays-Bas. Cadette d'une famille juive de trois enfants, elle fut la seule survivante des arrestations et des déportations nazies. À partir de 1950, des journaux néerlandais publient ses nouvelles, marquées par son expérience vécue. Certaines d'entre elles furent traduites et publiées aux États-Unis, en Allemagne, en Israël et dans les pays scandinaves.

Une petite chronique publiée aux Pays-Bas en 1957 fut traduite et éditée en France : *L'Herbe amère* (Lattès, 1975). *L'Adresse* est l'une des douze nouvelles du recueil *L'Autre côté* qui parut en 1959.

Robert Shecley est né aux États-Unis en 1928.

Sheckley est publié pour la première fois dans *Galaxy* à dix-huit ans. En 1950 il s'installe définitivement comme écrivain à temps plein et produit une succession de brillantes nouvelles, ainsi l'excellent *Pélerinage à la terre*.

Il publie ensuite quelques grands romans dans lesquels il passe à la moulinette tous les principaux thèmes de la science-fiction afin de souligner le côté loufoque de nos vies : Les *Er-*

reurs de Joene ou *La Dimension des miracles*, par exemple, contiennent de nombreuses scènes inoubliables. Dans les années 70 et 80, ses productions perdent leurs qualités de fraîcheur et de spontanéité.

Sheckley est aussi l'auteur de quelques tentatives hors de la science-fiction, comme *The Man in the Water* (1962), un roman psychologique traditionnel, et quelques romans policiers comme *L'Espion du dimanche* ou *Chauds, les secrets*.

Antonio Skarmeta est né au Chili en 1940.

Professeur à Santiago du Chili, il doit s'exiler en septembre 1973. Il donne actuellement des cours à l'Institut de cinéma de Berlin-Ouest. Il est aussi scénariste de films pour le cinéma ou la télévision. Il est connu surtout pour son roman *Une ardente patience* adapté à l'écran sous le titre *Le facteur*.

Antonio Tabucchi est né à Pise en 1943.

Il a passé deux ans à Lisbonne comme directeur de l'Institut culturel italien. Également professeur de littérature portugaise, il est un grand spécialiste de Fernando Pessoa dont il a entrepris la traduction et l'édition en italien.

Il a obtenu le Prix Médicis étranger 1986 pour *Nocturne indien,* adapté au cinéma par Aalin Corneau. Son œuvre qui comprend deux recueils de nouvelles – *Femme de Porto Pim et autres histoires* (1983), *Le jeu de l'envers* (1988) – est publiée par Christian Bourgois avec un très grand succès, tant dans la presse qu'auprès du public.

Boris Vian, né à Ville-d'Avray en 1920, est mort à Paris en 1959.

Il connaît une enfance sage et protégée. Après de brillantes études de philosophie, il sort ingénieur de l'École centrale en 1942. Étudiant, il joue de la trompette de jazz, fait diverses expériences cinématographiques. Ingénieur sans passion jusqu'en 1947, il écrit des œuvres diverses et fréquente Sartre et les milieux existentialistes. Ayant parié qu'il peut rédiger en dix jours un best-seller, il publie, sous le pseudonyme de Vernon Sullivan, *J'irai cracher sur vos tombes* (1946) ; ce roman, par son érotisme et sa violence, obtient un succès de scandale et fait l'objet de poursuites judiciaires. Vian est connu surtout par la presse à sensation qui met l'accent sur son rôle d'animateur de boîtes de nuit à Saint-Germain-des-Prés. Les romans auxquels il attache du prix, *L'Écume des jours* (1947), *L'Automne à Pékin* (1947), *L'Herbe rouge* (1950), n'obtiennent pas la faveur du public. Il publie en 1949 un recueil de nouvelles, *Les Fourmis.*

En 1952, Vian est nommé « équarrisseur de première classe » par le « collège de pataphysique » dont il gravira tous les échelons honorifiques ; il rencontre là Ionesco, Prévert, Queneau. *L'Arrache-cœur* (1953) n'obtient pas plus de succès que les romans précédents.

Parmi les chansons qu'il écrit et qu'il interprète alors, l'une d'elles, *Le Déserteur*, provoque, par son antimilitarisme, de violentes oppositions chez les partisans de l'Algérie française. En 1956, il subit une première crise d'œdème. Les avertissements des médecins ne l'empêchent pas de multiplier les activités : rédaction de livrets d'opéras, composition de son chef-d'œuvre théâtral, *Les Bâtisseurs d'empire* (1959). Il meurt brutalement à 39 ans, lors d'une projection privée du film extrait de *J'irai cracher sur vos tombes.*

Jean-Marie Villiers de l'Isle-Adam, né à Saint-Brieuc en 1838, est mort à Paris en 1889.

Il est issu d'une des familles les plus anciennes et les plus illustres de l'aristocratie française, ruinée par la Révolution. Solitaire, anxieux et sensible, il se sent des affinités avec Edgar Poe et Baudelaire ; à l'inverse, il éprouve une grande aversion pour le réalisme en littérature ainsi que pour les bourgeois dans la vie sociale et politique. Baudelaire et les autres artistes de sa génération le considéraient comme l'écrivain le plus doué de sa génération.

Ce prestige n'a pas suffi à assurer à Villiers de l'Isle-Adam la gloire et l'argent. Il a vécu médiocrement, et a fini dans la misère. Il est surtout connu pour ses contes, écrits pour subsister et publiés assez tardivement : les *Contes cruels* (1883) et les *Nouveaux contes cruels* (1888). Son roman *L'Ève future* (1886) est considéré comme son chef-d'œuvre.

Achevé d'imprimer par
Dumas-Titoulet Imprimeurs - 42000 Saint-Étienne
Dépôt légal : juillet 2007
N° d'imprimeur : 45798

Imprimé en France